Sylvania Pippistrella (Hrsg.)

Vampir-Attacke

Das ultimative Gruselbuch

Arena

In neuer Rechtschreibung

2. Auflage als Originalausgabe
im Arena-Taschenbuchprogramm 2007
© 2005 by Arena Verlag GmbH, Würzburg
Alle Rechte dieser Ausgabe vorbehalten
© der einzelnen Beiträge: Siehe S.165 ff.
Zusammengestellt von Kerstin Kipker
Umschlaggestaltung: Frauke Schneider
Umschlagkonzept © 2005 by Arena Verlag GmbH, Würzburg
Musterschutz angemeldet
Gesamtherstellung: Westermann Druck Zwickau GmbH
ISSN 0518-4002
ISBN 978-3-401-02436-3

www.arena-verlag.de

Inhalt

Paul van Loon
Die Dachkammer — 7

Roger M. Thomas
James Bradleys Vampir — 17

Mario Giordano
Das tiefe Haus — 38

Christine Nöstlinger
Florence Tschinglbell — 52

Willis Hall
Der letzte Vampir (Romanauszug) — 59

Bram Stoker
Draculas Gast — 85

Thomas Brezina
Der Vampirsarg (Romanauszug) — 104

Paul van Loon
Liebe Mama, lieber Papa — 113

R. L. Stine
Der Vampir aus der Flasche (Romanauszug) — 136

Autorenbiografien und Quellennachweis — 165

Paul van Loon
Die Dachkammer

Randy setzt sich an seinen Schreibtisch, schaltet den Computer an, drückt auf einen Knopf und die CD-ROM-Lade geht auf. Er nimmt die CD-ROM aus der Hülle, legt sie ein und drückt erneut auf den Knopf. Die Lade fährt zurück, das Programm wird geladen und kurz darauf erscheinen blutrote Buchstaben auf dem pechschwarzen Bildschirm: *Dracula entfesselt*. Aus den Lautsprechern ertönt »Oh Fortuna«, das Thema aus *Carmina Burana*. Unheil verkündende, aufpeitschende Musik, die an düstere Schlösser in sturmdurchtosten Nächten erinnert. Diese Musik wurde in zahllosen Filmen verwendet, z. B. in *Das Omen*. Auch Michael Jackson hat sie bei seiner letzten Welttournee als Intro erklingen lassen, um seinen Auftritt noch effektvoller zu gestalten. In Kombination mit den blutroten Buchstaben auf dem Bildschirm verursacht die Musik Randy eine Gänsehaut.
»Super«, murmelt er.
Dracula entfesselt ist ein Horrorfilm auf CD-ROM, ein Spiel, dessen Verlauf man selbst bestimmen kann. Interaktiv nennt man das. In dem Film kommen verschiedene Personen vor und man kann sich aussuchen, wer man sein will, indem man das Kästchen mit dem Namen des Betreffenden mit der Maus anklickt. Man schlüpft dann sozusa-

gen in die Haut dieser Person. Die Buchstaben verschwimmen und mehrere Kästchen mit Namen erscheinen auf dem Monitor: Dracula, Dr. van Helsing, Seward, Morris. Die drei Letzteren sind Vampirjäger. Randy hat sich bereits entschieden. Er verschiebt die Maus auf der Schreibtischplatte, sodass der Cursor auf den Namen Dracula zeigt.

»Ich will du sein«, murmelt Randy und klickt auf das Kästchen.

Die Namen verschwinden und auf dem Bildschirm erscheint ein Sarg in einer Gruft voller Spinnweben. Knarrend geht der Deckel auf. Eine weiße Hand mit knochigen Fingern kommt zum Vorschein und kurz darauf entsteigt der Vampir dem Sarg. Randy schaudert genussvoll. Furcht erregend sieht Dracula aus, mit seinem schwarzen Umhang, dem leichenblassen Gesicht, den blutunterlaufenen Augen und den langen Eckzähnen. Und am besten ist, dass ich nun selbst ein Vampir sein kann, denkt Randy. Echt cool. Jetzt steht der Vampir neben seinem Sarg. Er streckt sich und sieht Randy drohend an. Das Bild bleibt stehen und am unteren Rand erscheinen mehrere Symbole: eine Kutsche, ein Haus, ein Schiff. Das bedeutet, dass Randy nun entscheiden muss, was der Vampir tun soll.

Die Kutsche, denkt er und klickt das zugehörige Kästchen an. Der Film läuft weiter. Dracula verlässt die Gruft durch einen langen Gang. Draußen wartet eine Kutsche mit vier schwarzen Pferden und der Vampir steigt ein. Wieder bleibt das Bild stehen ...

»Auf geht's«, sagt Randy und klickt das Pferdesymbol unten auf dem Bildschirm an. Die Pferde wiehern und kurz darauf rumpelt die Kutsche über einen Gebirgspass. Randy meint den rauen Wind zu spüren, der über die Felsenlandschaft hinwegpfeift. Hoch über den dunklen Berggipfeln zucken Blitze und irgendwo in der Ferne erklingt Wolfsgeheul. Eine Sekunde lang ist Draculas Gesicht hinter dem Fenster der Kutsche zu sehen. Randy grinst den Bildschirm an. »Ich bin Dracula und heute Abend muss Blut fließen!«
»Randy, komm zum Essen!« Die Stimme seiner Mutter, unten im Flur.
»Shit!« Randy steht auf und geht zur Tür, an der ein Poster von Guns n' Roses hängt. Ausgerechnet jetzt, wo er gerade in die Rolle des Vampirs geschlüpft ist, muss seine Mutter ihn stören, mit so etwas Blödem wie Abendessen.
»Komme gleich!«, ruft er nach unten. »Muss nur noch schnell was erledigen.«
Er wendet sich wieder seinem Computer zu. Draculas Kutsche ist inzwischen in einem Dorf angekommen. Nebelschwaden ziehen durch die Straßen, die nur schwach mit altertümlichen Gaslaternen beleuchtet sind. Vor einem Haus hält die Kutsche an. Hinter einem der Fenster sieht man eine Dame, die auf einem Sofa schläft.
»Nichts wie rein, die Alte reißen wir uns unter den Nagel«, sagt Randy.
Die Tür der Kutsche geht auf und Dracula steigt aus. Mit seinem Umhang wirkt er wie ein schwarzer Raubvogel. Er blickt sich kurz um, geht dann zu dem Fenster und

klopft an die Scheibe. Die Dame öffnet die Augen. Sie wird kalkweiß im Gesicht. Ihr Mund klappt auf und wieder zu. Dracula grinst und Randy grinst ebenfalls. Er sieht, wie die Dame sich langsam erhebt und auf das Fenster zugeht. Sie kann gar nicht anders, sie ist willenlos. Der Vampir hat sie in seiner Macht.
Randys Nase berührt fast den Bildschirm. Er hat alles um sich herum vergessen. Ihm ist, als ob er selbst im Cape des Vampirs vor dem Haus steht.
»Mach das Fenster auf«, flüstert er. »Du stehst in meiner Macht.«
Die Dame streckt die Hand nach dem Fenstergriff aus. Wieder bleibt das Bild stehen.
»Randy, wo bleibst du denn? Dein Essen wird kalt!«
Randy dreht den Kopf Richtung Tür. Fast scheint er rote Augen zu haben, genau wie Dracula.
»Komme gleich!«, schreit er. Dann starrt er wieder auf den Bildschirm. Am unteren Rand erscheinen drei neue Symbole: ein Fenster, eine Fledermaus und drei Männer mit Hüten. Randy klickt das Fenstersymbol an. Die Dame auf dem Monitor drückt den Fenstergriff nach unten. Ihre Bewegungen sind roboterhaft und sie hat einen glasigen Blick. Das Fenster geht auf und der Vampir steigt über die Fensterbank ins Zimmer.
»Yes!«, sagt Randy.
Die Dame erstarrt, als Draculas weiße Hände ihren Hals umschließen. Der Vampir reißt den Mund weit auf und Randy hinter seinem Computer macht das Gleiche. Plötzlich hört man Räder über Pflastersteine rattern. Eine

zweite Kutsche nähert sich in rasendem Tempo und hält vor dem Haus. Dracula lässt von seinem Opfer ab und dreht sich um.
»Beiß doch zu!«, ruft Randy. Aber Dracula schwingt sich über die Fensterbank aus dem Zimmer.
Wieder bleibt das Bild stehen. In diesem Moment geht die Tür auf und Rachel, Randys Schwester, schaut herein. »Nun komm doch endlich, wir sitzen schon lange am Tisch.«
Randy spürt, dass ihm das Blut in den Kopf steigt. Langsam dreht er sich um. »Hau ab«, knurrt er. Seine Stimme klingt heiser. »Ich bin mitten in einem Film!«
Rachel wird schreckensbleich, als sie Randys Gesicht sieht. Sie stößt einen Schrei aus und schlägt die Tür zu. Randy lacht zufrieden; sein Lachen klingt wie ein Knurren. Die wäre er los. Offenbar hat sie ihm angesehen, dass er es ernst meint. Jawohl, die sollen ihn in Ruhe lassen, jetzt, wo es spannend wird. Er wendet sich wieder dem Bildschirm zu, auf dem inzwischen wieder drei Symbole erschienen sind: eine Fledermaus, ein Wolf, drei Männer mit Hüten. Die Vampirjäger, denkt Randy. Wahrscheinlich sitzen die in der Kutsche. Dracula kann entkommen, als Fledermaus oder als Wolf, oder er hat die Vampirjäger auf dem Hals.
Randy trommelt mit den Fingern auf die Schreibtischplatte. Was soll er tun? Fliehen wäre eine schwache Nummer, findet er, gerade jetzt, da Dracula die schöne Dame hätte beißen können. Aber andererseits kann er sich auch nicht einfach den Vampirjägern ausliefern. Warum gibt es

denn keine andere Möglichkeit? Randy starrt das eingefrorene Bild an. Woher wissen die Vampirjäger überhaupt, dass Dracula in diesem Haus ist?
»Mist!«, murmelt Randy. »Er war unvorsichtig, der Blödmann. Ich hätte das ganz anders angepackt.«
Das Bild auf dem Monitor ist noch immer unbeweglich, doch auf einmal dreht Dracula sich um. Er sieht Randy an. Der Junge blinzelt. Wie kann das sein? Er hat sich doch noch nicht entschieden, die Maus nicht einmal angefasst, das weiß er genau. Aber es ist kein Zweifel möglich. Dracula starrt ihn unverwandt an, mit seinen roten Vampiraugen. Randy kann den Blick nicht vom Monitor wenden. Der Vampir kommt näher. Jetzt ist er so nahe, dass sein Kopf den gesamten Bildschirm ausfüllt. Draculas Gesicht ist leichenblass, in seinem halb geöffneten Mund blinken messerscharfe Eckzähne. Er sieht Furcht erregend aus und Randy will, dass er verschwindet. Ihm ist, als ob er sein eigenes verzerrtes Spiegelbild sieht.
Er fühlt sich höchst unbehaglich. Auf einmal macht ihm das Ganze keinen Spaß mehr. Das hier steht nicht in der Gebrauchsanweisung zur CD-ROM. Er drückt schnell auf ein paar Tasten und danach auf die Maus, aber es tut sich nichts. Der Vampir reißt seinen Mund noch weiter auf und lacht dröhnend. »Zu spät! Du wolltest Dracula sein und jetzt ist es so weit!«
Eine unsichtbare Kraft erfasst Randy. Es scheint, als würde er aus seiner Haut heraus und in den Bildschirm gezogen. Er gleitet durch das Glas wie durch Wasser. Zugleich spürt er, dass etwas aus dem Monitor kommt und durch

seinen Körper zieht. Weißes Licht. Eine Explosion. Für den Bruchteil einer Sekunde verliert Randy das Bewusstsein. Als er wieder zu sich kommt, findet er sich im Freien wieder, auf dem nassen Pflaster einer Straße. Stöhnend steht er auf und blickt verwirrt um sich. Er begreift zunächst nicht, was er sieht: zwei Pferdekutschen, das Haus mit der Dame, die mit erhobenen Armen am Fenster steht und den Mund zu einem lautlosen Schrei geöffnet hat.

Wie kommt er hierher? Nichts außer ihm selbst bewegt sich. Selbst der Nebel scheint erstarrt zu sein. Plötzlich ertönt über ihm hämisches Gelächter. Erschrocken schaut Randy nach oben. Für einen Moment setzt sein Herzschlag aus. Da, weit oben am dunklen Himmel, ist ein riesiges Fenster. Hinter einer Glasscheibe sieht er jemanden sitzen, der zu ihm herabschaut. Seine Hände schweben über einer gigantischen Tastatur. Es ist Randy selbst, groß wie ein Riese. Zumindest sieht derjenige, der da sitzt, ihm sehr ähnlich, bis auf ein paar Kleinigkeiten. Er ist leichenblass und hat einen teuflischen Ausdruck in den uralt wirkenden Augen.

Langsam begreift Randy, was passiert ist. Das riesige Fenster am Himmel ist der Computerbildschirm, von innen gesehen. Hinter der Scheibe befindet sich sein Zimmer und dort sitzt jetzt ein anderer, der ihm ähnlich sieht. Und zwar so ähnlich, dass seine Eltern den Unterschied bestimmt nicht merken werden. Auf irgendeine unerklärliche Art und Weise ist er im Computer gelandet. Diese CD-ROM ist wirklich sehr interaktiv!

Der Junge hinter dem Fenster grinst hinterhältig.

»Dracula!«, keucht Randy. Das Lächeln des Jungen wird noch hinterhältiger. Das also ist passiert, denkt Randy. Ich habe mich für Draculas Rolle entschieden und dafür ist er jetzt in meine Haut geschlüpft. Er sitzt auf meinem Stuhl. Ich bin er und er ist ich.

Randy sieht sein eigenes Spiegelbild im Fenster des Hauses: Er sieht einen großen bleichen Mann in einem schwarzen Umhang, einen Vampir.

»Genau!«, sagt Dracula. »Und jetzt spielen wir weiter.«

Ein Klick mit der Maus – und plötzlich wird die Tür der Kutsche aufgerissen. Drei Männer mit Hüten steigen aus. Alle drei haben Knoblauchstränge um den Hals hängen. Die Dame im Haus sieht Randy und bricht in fürchterliches Geschrei aus. Erschrocken sieht Randy zu ihr hin, dann zu den Männern.

»Nicht schreien, bitte«, sagt er flehend. »Ich bin nicht der, für den Sie mich halten.« Daraufhin schreit sie nur noch lauter.

Die drei Männer stürmen auf ihn zu. Einer hält ein Kruzifix in der ausgestreckten Hand, das in der Dunkelheit aufglüht. Die beiden anderen packen Randy an den Armen. Randy muss würgen, ihm wird schlecht von dem durchdringenden Knoblauchgeruch und das Kruzifix jagt ihm Todesangst ein.

»Ergib dich, Höllenbrut!«, befiehlt der Mann mit dem Kruzifix. »Endlich haben wir ihn erwischt, Doktor van Helsing. Töten Sie den Nosferatu!«, ruft ein anderer. »Durchbohren Sie den Untoten mit einem Pflock, hacken Sie ihm den Kopf ab!«

»Nein!«, schreit Randy. »Ich bin nicht Dracula! Ich...«
Ein Arm legt sich um seinen Hals, drückt ihm die Kehle zu und nimmt ihm die Luft. Vor seinen Augen tanzen dunkle Flecke. Im Hintergrund schreit noch immer die Dame. Während zwei Männer ihn in Schach halten, geht der dritte zur Kutsche und kommt mit einem Hammer und einem langen, spitzen Holzpflock zurück. Er setzt den Pflock auf Randys Brust, in Höhe des Herzens. Dann hebt er die Hand mit dem Hammer.
»Stirb, Vampir!«, knurrt der Mann.
In Todesangst schielt Randy nach oben. Dort, hinter dem Fenster am Himmel, sieht er das grinsende Gesicht des Untoten, der in seine Haut geschlüpft ist. Er sieht sein vertrautes Zimmer, das Poster an der Tür, unerreichbar hinter der gläsernen Wand des Computerbildschirms. Dracula zwinkert Randy zu und streckt die Hand nach der Tastatur aus. Randy sieht einen Text in Spiegelschrift: Programm beenden: Ja/Nein?
Draculas Zeigefinger schwebt über den Tasten und bewegt sich auf den Buchstaben J zu.
»Nicht!«, schreit Randy.
Ein Lichtblitz flammt auf, dann verstummen alle Geräusche und es ist stockfinster.

»Ende«, sagt der Junge am Computer und drückt auf den Hauptschalter. Er schaut auf den Monitor, der schlagartig dunkel wird. Nur noch die Reflexion seiner Augen ist darin zu sehen, zwei rote Punkte.
»Randy, wenn du jetzt nicht kommst, gehst du ohne Es-

sen ins Bett!« Die Stimme seiner Mutter im Flur klingt wütend.

Der Junge schiebt den Stuhl zurück und steht auf. Er wirft noch einen Blick auf den Computer. Grinsend leckt er sich über die spitzen Eckzähne.

»Ich komme«, murmelt er. »Ich hab 'nen Riesenhunger, das könnt ihr mir glauben. Oder eigentlich eher Durst!«

Dann verlässt er das Zimmer und geht nach unten, wo die Familie auf ihn wartet.

Aus dem Niederländischen von Eva Schweikart

Roger M. Thomas
James Bradleys Vampir

Mein Urgroßvater, James A. Bradley, hatte in den Augen seiner nächsten Angehörigen stets als ein überaus empfindsamer, leicht erregbarer Mensch gegolten. Man hielt ihn nicht geradezu für verrückt oder überspannt, aber eben für ein wenig seltsam. Daher waren wir nicht überrascht, als wir erfuhren, dass die kleine Stahlkassette, in der er seine persönlichen Habseligkeiten aufbewahrte, seinem letzten Wunsch entsprechend, erst fünfzig Jahre nach seinem Tode von dem ältesten männlichen Familienmitglied geöffnet werden sollte.

Nun waren auf den Tag genau fünfzig Jahre vergangen und die Kassette wurde mir, Arthur James Bradley, übergeben. Als ich sie öffnete, stellte ich fest, dass sie nichts weiter enthielt als einige Andenken: einen großen Siegelring, ein blaues Band, das er als Preisrichter bei einer Schweineausstellung gewonnen hatte, und dergleichen Dinge mehr. Das war alles – das und ein Brief. Der Brief allerdings, das darf ich wohl versichern, war von einer Art, wie nie zuvor einer geschrieben wurde. Ich verstehe jetzt, warum mein Urgroßvater verlangt hatte, dass er erst fünfzig Jahre nach seinem Tode gelesen werden solle. Hätte er ihn zu seinen Lebzeiten an die Öffentlichkeit gebracht, man würde ihn zweifellos schleunigst in eine Ir-

renanstalt gesteckt haben, und hätte man diesen Brief gleich nach seinem Tode gelesen, so würde es vielleicht auch hinsichtlich des Geisteszustandes anderer Familienmitglieder so manches Gerede gegeben haben.
Ich habe der Veröffentlichung des Testaments meines Urgroßvaters erst nach reiflicher Überlegung zugestimmt. Vielleicht ist, was er geschrieben hat, nur das Gefasel eines Geistesgestörten. Entspricht es aber der Wahrheit, so halte ich es für nötig, dass die Welt von den Schrecken erfährt, die er in jenen wenigen schaurigen Nächten erlebte, damit sie sich gegen ähnliche Vorkommnisse wappnen kann. Der Brief begann mit der folgenden Erklärung:
»Ich, James Andrews Bradley, bestätige im Vollbesitz meiner körperlichen und, wie ich hoffe, auch geistigen Kräfte, dass sich die folgenden Ereignisse tatsächlich zugetragen haben ...
Der Abend des 6. Juni 1872 war stürmisch und regnerisch. Der Tag war unerträglich schwül gewesen – ein beinahe untrügliches Zeichen für ein bevorstehendes Gewitter. Am Abend wurde es jedoch so kalt, dass ich Feuer im Kamin machen musste. Meine Frau war in die Stadt gefahren, um einige Tage bei ihrer Schwester zu verbringen, die nach einer ziemlich schweren Operation aus dem Krankenhaus zurückgekehrt war. Ich saß mit meiner Pfeife vor dem Feuer, sehnte mich nach Martha und fragte mich, ob auch sie mich ein wenig vermisse.
Ich dürfte eingeschlafen sein, denn plötzlich ließ mich ein wiederholtes Klopfen auffahren. Ich ging zur Tür und fragte mich verwundert, wer wohl an einem solchen

Abend zu mir kam. Wir leben auf dem Lande und Besucher sind auch unter normalen Umständen selten.
Als ich die Tür öffnete, sah ich eine junge Frau auf den Stufen stehen. In dem schwachen Licht schien sie mir viele Male schöner zu sein als die schönste Frau, die ich je gesehen hatte.
›Verzeihen Sie‹, sagte sie mit tiefer, kehliger Stimme. ›Mein Pferd ging dort unten auf der Straße durch und warf mich aus dem Wagen. Könnten Sie mir sagen, wie ich zur Stadt komme?‹
›Gewiss‹, antwortete ich. ›Aber treten Sie doch ein. Sie müssen ja völlig durchnässt sein.‹
Als sie in den beleuchteten Flur trat, bemerkte ich überrascht, dass sie ganz trocken war, obwohl sie eine Weile durch den Regen gegangen sein musste. Ich sah auch, dass sie zwar unbestreitbar schön war, aber nicht jene Art von Schönheit besaß, die der Durchschnittsmann an einer Frau bewundert. Ihr Haar glänzte in einem prachtvollen Nachtschwarz, aber ihre Ohren, die das Haar nicht ganz verdeckte, waren seltsam spitz. Sie hatte ein schmales Gesicht mit einem scharfen, beinahe messerförmigen Kinn und sie war groß, geschmeidig und anmutig, aber das Auffallendste an ihr war der Mund, ein breiter Mund mit schmalen sehr roten Lippen. Ich fragte mich, wie es wohl wäre, von solchen Lippen geküsst zu werden, verdrängte aber diese Vorstellung rasch wieder. Ich war noch nicht lange verheiratet und Martha würde solche Gedanken sicherlich nicht gut geheißen haben.
Als wir das große Wohnzimmer betraten, erwachte Shep,

mein Schäferhund, der friedlich vor dem Feuer geschlafen hatte, und stieß ein schauerliches Angstgeheul aus. Ich verstand das nicht, denn Shep, ein guter Gefährte und brauchbarer Helfer beim Rindertreiben, war alles andere als wild und eigentlich kein guter Wachhund. Ich begriff nicht, warum ihn meine Besucherin so aufregte.
Ich kniete nieder und tätschelte ihn. ›Still, Shep‹, sagte ich. ›Leg dich! Behandelt man so seine Gäste?‹ Doch es gelang mir nicht, den Hund zu beruhigen. Er drückte sich platt auf den Boden und wich vor der Frau zurück. Noch immer zerriss sein markerschütterndes Geheul die Luft. Ich führte ihn zur Hintertür und er verschwand mit einem Satz in den Garten hinaus.
›Es tut mir Leid‹, sagte ich und wandte mich wieder meiner Besucherin zu. ›Das ist das erste Mal, dass sich Shep einem Gast gegenüber so ...‹ Ich hielt inne, entsetzt über den Ausdruck lebhaften Hasses in ihrem Gesicht. Ihr Mund hatte sich zu einer grausamen Grimasse verzogen, ihre Nasenflügel zitterten. Ihre Augen, die auf die Stelle gerichtet waren, wo Shep gelegen hatte, schienen blaue Funken zu sprühen. Einen Augenblick lang glaubte ich in die tiefsten Tiefen der Hölle zu schauen und ich konnte einen heftigen Schauder nicht unterdrücken.
Als sie bemerkte, dass ich sie anstarrte, fasste sie sich rasch wieder. ›Ich fürchte, Ihr Hund mag mich nicht‹, sagte sie. ›Wenn Sie mir nun sagen wollten, wie ich zur Stadt komme ...‹
Ich erklärte es ihr und machte mich erbötig anzuspannen und sie zu fahren, aber davon wollte sie nichts wissen, und

da ich in einer solchen Nacht ohnehin lieber zu Hause blieb, beharrte ich nicht auf meinem Angebot. Ich begleitete sie zur Haustür und bat sie zu warten, bis ich Shep in die Küche gerufen hätte, um eine unangenehme Begegnung zu vermeiden.

Als Shep in der Küche war und ich wieder hinausging, hörte ich die Haustür ins Schloss fallen. Ich nahm rasch die Petroleumlampe vom Tisch im Wohnzimmer und öffnete die Tür wieder, um meiner Besucherin zu leuchten. Zu meiner Bestürzung war der Weg jedoch völlig verlassen. Ich blieb eine Weile in der Tür stehen, dann kehrte ich zu meinem bequemen Sessel und zu meiner Pfeife zurück und wunderte mich noch lange über das plötzliche Verschwinden meines Gastes.

Infolge des nächtlichen Regens konnte ich am nächsten Tag kaum draußen arbeiten. Ich beschloss daher, im Hause, das während Marthas Abwesenheit gröblich vernachlässigt worden war, Ordnung zu schaffen. Als ich etwa die Hälfte dieser hausfraulichen Aufgaben bewältigt hatte, begann ich die Arbeit zu würdigen, die eine Frau täglich zu leisten hat. Ich plagte mich noch den ganzen Nachmittag mit Staubwischen, Ausfegen und Schrubben und verfluchte das Geschick, das mich zum Strohwitwer gemacht hatte. Ab und zu dachte ich an meine Besucherin vom Abend zuvor und ich wurde überrascht gewahr, dass ich mich kaum an ihre Züge zu erinnern vermochte. Das Einzige, was ich noch deutlich vor mir sah, war Sheps panische Angst, als sich die Frau ihm näherte. Von ihr selbst wusste ich nur noch zu sagen, dass sie auf eine unnatürliche Weise schön war. Merkwürdig, wie mich nun der Gedanke an sie mit Ekel erfüllte.

Meine Überlegungen wurden durch das Gebell Sheps unterbrochen. Es war das fröhliche Kläffen, mit dem er nur drei Menschen zu begrüßen pflegte: Martha, mich selbst und Charlie Redik, meinen guten Freund und Nachbarn. Charlie, der sich nie die Mühe machte, anzuklopfen, trat durch die Haustür und sah mich mit Besen und Kehrblech im Flur stehen.

›Ah, James‹, sagte er. ›Ich habe dich schon immer für einen vielseitig begabten Mann gehalten, aber dass du nun auch noch eine tüchtige Hausfrau bist, überrascht mich.‹

Charlie war stämmig gebaut, freundlich, immer geduldig und gütig. Da er aus jenem von finsterem Aberglauben heimgesuchten Teil Mitteleuropas stammte, war er selbst sehr abergläubisch, davon abgesehen jedoch ein innerlich gefestigter, praktisch denkender Mensch. Er war einige Jahre älter als ich und hatte nie geheiratet. Er war in erster Linie Landwirt, und was nicht mit der Landwirtschaft zusammenhing, interessierte ihn wenig. Dennoch war er, gewissen ästhetischen Neigungen folgend, Schmetterlingssammler geworden und besaß eine große, schöne Sammlung. Jedes Exemplar war in einem flachen, mit einer Glasplatte luftdicht verschlossenen Kästchen aufgespießt und er war mit Recht stolz auf das schöne Resultat seiner Sammelleidenschaft.

Ich führte ihn ins Wohnzimmer und wir rauchten und plauderten eine Weile. Ich berichtete von meiner Besucherin und er hörte mir mit einem seltsamen Ausdruck aufmerksam zu. Ich versuchte in leichtem Ton zu sprechen, aber Charlies Erstaunen, das sich allmählich in Entsetzen verwandelte, verlieh meiner Geschichte eine düstere Note. Ich beendete sie so rasch wie möglich. Charlie saß einige Augenblicke versunken da und murmelte: ›Vampir ... Vampir ...‹

Sein Benehmen machte mich so nervös, dass ich schließlich ziemlich grob sagte: ›Charlie, wovon, um Himmels willen, redest du da?‹

Er sah mich noch immer wie betäubt an, als er antwortete: ›Freund James, du bist von einem Vampir besucht worden, von einem dieser Geschöpfe, die nicht mehr der Welt der Lebenden angehören und doch nicht tot sind. In Ungarn kannte ich viele, die von Vampiren heimgesucht wurden. Ich weiß, wie sie den Menschen erscheinen.‹

Ich spottete über seine Worte. ›Charlie, das glaubst du doch nicht wirklich!‹

›James, James‹, sagte er, ›warum willst du nicht glauben, was deine eigenen Augen dir beweisen? Du sahst die Gesichtszüge, aber heute weißt du nur noch, dass sie spitz und scharf waren. Du erinnerst dich an nichts Genaues – ein Beweis dafür, dass du ein übernatürliches Wesen gesehen hast. Gestern Abend, als es bei dir war, fandest du es schön. Heute aber erscheint es dir in der Erinnerung als abstoßend. Das ist der hypnotische Einfluss, den der Vampir auf den Menschen ausübt. Und wenn dir das noch nicht genügt, dann denke an den armen, alten Shep. Hunde unterliegen nicht dem, was du abergläubischen Unsinn

nennst, und Shep lässt sich unter normalen Umständen nicht so leicht Bange machen.‹
Das Verhalten des Hundes fand auch ich sehr merkwürdig, aber trotzdem konnte ich Charlies unheimliche Theorie nicht für eine erwiesene Tatsache halten, und ich sagte es ihm.
Er fuhr fort: ›Du willst mir noch immer nicht glauben? James, von Vampiren wusste man schon im alten Ägypten. Man findet sie in Asien, Europa, Nord- und Südamerika, auf der ganzen Welt. Unzählige Bücher sind über ihre Existenz und ihre Gewohnheiten geschrieben worden und auch in unserem so genannten aufgeklärten Zeitalter verdienen die Vampire noch einige Beachtung. Der einzige Unterschied ist der, dass heute zu viele, anstatt die Vampire als übernatürliche Wesen zu betrachten, zu dem Glauben neigen, der Vampirismus sei eine Art Melancholie, die dem Menschen Furcht vor dem Tageslicht und einen unstillbaren Blutdurst einflößt. Ich sage dir, der Vampir ist ein Werkzeug des Teufels. Er nährt sich von – ja, er giert nach dem Blut von lebenden Geschöpfen und sein einziger Zweck ist es, dem Satan im Kampf gegen das Gute beizustehen. Wenn ein Vampir von deinem Blut schmeckt, wirst auch du nach deinem Tode ein Vampir. So werden ihrer immer mehr.‹
Diese lange Rede des sonst eher schweigsamen Charlie erfüllte mich mit großem Unbehagen. Ich weiß nicht, was daran schuld war, seine Worte oder der Wind, der nun unheimlich ums Haus fegte – jedenfalls spürte ich, wie sich mir die Haare sträubten. Ich lenkte das Gespräch auf

angenehmere Dinge und schlug eine Partie Cribbage vor. Da die Dämmerung hereingebrochen war, zündete ich die Lampe an.

Wir hatten kaum zu spielen begonnen, als plötzlich ein grauenvolles Angstgeheul Sheps, der draußen gelassen worden war, die Luft spaltete.

Wir ließen die Karten fallen und stürzten hinaus, ohne die Tür hinter uns zu schließen. Shep lag vor der Scheune platt auf dem Boden. Er hatte den Schwanz eingeklemmt und kroch feige zitternd vor etwas zurück. Sein Gebell musste viele Meilen im Umkreis die Nachbarn alarmiert haben.

Als wir zu ihm traten, sahen wir nur einen großen Falter, der über seinem Kopf kreiste und dann in Richtung des Hauses davonflog. Shep beruhigte sich augenblicklich, obwohl er noch merklich zitterte.

›Ich verstehe das nicht‹, sagte ich zu Charlie. ›So hat sich Shep noch nie aufgeführt.‹

›Der Vampir‹, sagte Charlie schaudernd. ›Falter, Fledermaus, Ratte . . . Der Vampir kann die Gestalt aller dieser Tiere und noch vieler anderer annehmen. Glaube mir, Freund James, du schwebst in großer Gefahr. Es geht nicht um dein Leben, sondern um deine Seele.‹

›Diese Gefahr‹, sagte ich so unbekümmert wie möglich, ›scheint eher Shep zu drohen. Ich selbst glaube noch immer nicht an deinen Vampir, aber er glaubt offensichtlich daran. Charlie, tu mir den Gefallen und nimm ihn für ein paar Tage zu dir. Shep hat dich gern und ich fürchte, wenn er hier bleibt, wird ihn etwas zu Tode erschrecken.‹

›Oder ihn töten, indem es ihm das Blut aussaugt‹, setzte Charlie fort. ›James, du bist ebenso wenig sicher wie der Hund. Shep ist in Gefahr, weil er den Feind kennt. Du bist in Gefahr, weil du ihn nicht kennst oder vielmehr weil du nicht glauben willst, was du als Wahrheit erkannt hast. Natürlich nehme ich ihn mit, James. Und du, mein Freund, sei auf der Hut!‹

Mit diesen Worten verließ mich Charlie. Shep folgte ihm auf den Fersen. Ich beschäftigte mich während der nächsten zwei Stunden mit den abendlichen Arbeiten auf dem Hof und kehrte dann ins Haus zurück, um mir ein kaltes Abendessen zuzubereiten. Nun erst dachte ich über Charlies Worte nach. Nein, ich war ganz gewiss nicht so leichtgläubig seine Behauptungen für bare Münze zu nehmen. Hätte Shep sich nicht so eigenartig benommen, würde ich sie als das krankhafte Geschwätz eines abergläubischen Menschen abgetan haben. Ich suchte nach einer natürlichen Erklärung für alles, als ich plötzlich eine Stimme hörte:

›Guten Abend, James Bradley.‹

Ich fuhr herum. Im Halbdunkel einer Ecke stand die Frau vom Abend zuvor.

›Sie!‹, keuchte ich. ›Was tun Sie hier?‹

›Weißt du es nicht? Du hast mich gestern Abend hereingebeten. Mehr als *einer* Einladung bedarf es nicht.‹

Ich nahm das unwidersprochen hin. ›Was ich meinte, ist: Wie sind Sie ins Haus gekommen?‹

Ich war aufgestanden und sie kam auf mich zu.

›Ich kenne viele Wege, um zu kommen und zu gehen, Wege, die du noch nicht kennst, aber mit meiner Hilfe bald kennen lernen wirst.‹ Sie lächelte mich an. Was für ein entsetzliches Lächeln! Ich gestehe, dass mir die Knie schwach wurden. Es war mehr ein Zähnefletschen, ein boshaftes Grinsen. Und diese Zähne! Klein, sehr klein, aber nadelspitz; und ich weiß nicht, was kräftiger leuchtete: die Lippen oder das blutrote Zahnfleisch. Die ganze Erscheinung wirkte unbeschreiblich böse und doch faszinierend.

Mit diesem Lächeln, diesem Grinsen trat sie auf mich zu und ich schwöre, dass ich zu nichts anderem fähig war als zurückzuweichen. Es wäre mir in diesem Augenblick unmöglich gewesen, zur Seite zu treten oder sie wegzustoßen. Meine Rückwärtsbewegung endete an dem großen Wohnzimmertisch. Ich legte die Hände auf seine Platte und die Frau (wie soll ich sie sonst nennen?) kam immer näher.

›Warum hast du Angst vor mir, James Bradley?‹, fragte sie. ›Warum weichst du vor mir zurück? Willst du nicht mit mir kommen in meine schöne dunkle Welt?‹ Sie legte mir ihre eiskalten Hände auf die Schultern und lehnte sich an mich. Ich roch ihren warmen, klebrig süßen Atem. Eine eigentümliche Trägheit überkam mich und ich schien nicht mehr den Wunsch zu verspüren, mich von diesem Wesen zu befreien.

Meine Hände, die unbewusst über die Tischplatte hinter mir streiften, schlossen sich plötzlich um etwas, was ich als die kleine Bibel erkannte, die Martha dort immer liegen hatte, und in dem Augenblick, da ich die Bibel berührte, fühlte ich neue Kraft in mich einströmen. Die

Trägheit schwand aus meinen Gliedern. Ich trat einen Schritt zur Seite und hielt die Bibel vor mich hin.

Die Frau fuhr zurück, als hätte ich sie geschlagen. Einen Augenblick stand sie, schwer atmend und zähneknirschend, still. Dann sagte sie mit rauer Stimme:

›Diesmal, James Bradley, entgehst du mir, doch sei unbesorgt: Es wird andere Male geben. Eines Tages wirst du sein wie ich und in aller Ewigkeit durch die Nacht wandeln. Bis dahin aber wirst du wünschen, du hättest mich heute nicht zurückgewiesen. Das (sie zeigte auf ein Bild Marthas) muss die Frau sein, an der dir so viel liegt. Ich glaube, ich werde sie zuerst in meine Reihen aufnehmen – es sei denn, du hast es dir bis morgen um diese Zeit anders überlegt. Es wäre mir lieber, *du* brächtest sie in meine Welt. Aber du bist machtlos gegen mich, James Bradley, bedenke das. Du bist völlig machtlos gegen mich.‹

Sie lachte. Es war das grauenvollste Gelächter, das ich je gehört hatte. Und sie richtete einen von so viel Bosheit erfüllten Blick auf mich, dass ich die Arme vors Gesicht hob. Als ich mich wieder umzusehen wagte, war sie verschwunden.

Ich ging kurz darauf zu Bett, fand aber keine Ruhe. Ich hatte Alpträume, an denen nur die unheimliche Frau und die ebenso unheimliche Erklärung, die Charlie Redik mir gegeben hatte, schuld sein konnten. Dennoch glaubte ich Charlie noch immer nicht. Ich suchte noch nach einer natürlichen Erklärung, aber an der Macht der Frau, Martha Böses anzutun, zweifelte ich nicht. Was Wunder, dass ich unruhig schlief und immer wieder erwachte.

Der nächste Tag war schlimm für mich. Zuerst fand ich einige meiner Hühner tot auf dem Hofe liegen, darunter Gus, den Hahn, der mich jeden Morgen in der Dämmerung geweckt hatte. Der Verlust des Geflügels war arg genug, aber noch ärger war die Entdeckung, dass die Tiere bis auf den letzten Blutstropfen ausgesaugt worden waren. Das verlieh dem Vorfall etwas Unirdisches und ließ mir meine eigenen düsteren Besorgnisse umso stärker bewusst werden. Ich fragte mich, ob die Frau etwas mit diesem Unglück zu tun hatte.

Darüber dachte ich auch am Abend noch nach, als Charlie Redik mit Shep bei mir erschien. Ich war froh Charlie zu sehen, denn ich hatte ihm eine Menge Fragen zu stellen. Zwar war ich noch immer nicht bereit seine Vampirtheorie gelten zu lassen, aber die jüngsten Ereignisse hatten mich auf diesem Gebiet zumindest zum Agnostiker gemacht. Als wir ins Haus gingen, sah ich zu meiner Überraschung, dass Shep sich weigerte uns zu folgen und auch nicht in die Nähe der Scheune gehen wollte, vor der wir ihn am Abend zuvor heulend gefunden hatten.

Als wir es uns im Wohnzimmer bequem gemacht hatten, erzählte ich Charlie meine Geschichte. Er erschrak und sagte:

›Das ist schlimmer als ich befürchtet hatte. James, du darfst nicht hier sein, wenn der Vampir heute Abend kommt. Ich werde deine Stelle einnehmen.‹

›Aber Charlie‹, widersprach ich, ›wenn ich auch nicht glaube, dass wir gegen übernatürliche Kräfte kämpfen, so bin ich doch überzeugt, dass große Gefahr besteht, und ich kann nicht zulassen, dass du dich dieser Gefahr aussetzt.‹

›Ich habe einen Schutz‹, sagte Charlie. ›Ja, ich bin viel besser geschützt als du, denn ich weiß, womit ich es zu tun habe. Du weißt es wohl auch, aber du willst es nicht glauben. Wenn der Vampir kommt, erscheint er in der Gestalt einer Fledermaus oder eines anderen geflügelten Wesens, um von Fenster zu Fenster zu flattern und dich zu suchen. Er wird aber nicht dich finden, sondern mich, in deinem Bett und scheinbar schlafend. Sag, hast du Knoblauch im Haus?‹

›Ja, mehr als genug.‹ Ich musste lächeln. ›Wegen dieses Knoblauchs hatte ich meinen ersten Streit mit Martha. Ich kaufte ihn versehentlich statt Zwiebeln. Aber, Charlie, warum kannst du nicht mich tun lassen, was du vorhast? Wäre ich nicht ebenso gut geschützt wie du?‹

›Ich will diese Frage mit einer Gegenfrage beantworten, James. Sag mir, wozu der Knoblauch der Überlieferung nach taugt.‹

›Wenn ich mich recht erinnere, dazu, Vampire und andere böse Geister abzuwehren.‹

›Richtig. Und glaubst du fest daran, dass er diese Kraft besitzt?‹

›Ganz gewiss nicht. Ich glaube vor allem gar nicht erst an Geister, Dämonen, Zauberer und ähnliches Gelichter!‹

›Siehst du‹, sagte Charlie. ›Daher hättest du auch kein Vertrauen in die Vorkehrungen, die man treffen muss, um sie abzuwehren. Für dich ist der Knoblauch ein Symbol des Aberglaubens. Der Überlieferung nach muss man jedoch fest an seine Wirkung glauben, wenn man seinen Schutz genießen will. Ich weiß nicht, ob das stimmt, aber wir dürfen kein Risiko eingehen. Für dich ist der Knoblauch nichts weiter als ein Küchengewürz. Verstehst du nun, warum ich derjenige sein muss, der den Kampf mit deiner nächtlichen Besucherin aufnimmt?‹

Ich verstand ihn wohl, aber die Sache gefiel mir nicht, und ebenso wenig gefiel mir, was Charlie als Nächstes anordnete. Er befahl mir nämlich, um jede Öffnung, durch die man einen Raum betreten oder verlassen konnte, Knoblauch zu schmieren. Fenster, Türen, alles bekam eine reichliche Dosis ab, vor allem an den Rahmen. Charlie rieb sogar etwas Knoblauch um den Rauchabzug des Kamins und ein Mauseloch, das wir in der Küche entdeckten. Schließlich band er sich noch Knoblauch um den Hals und dann war er endlich mit den Vorkehrungen zufrieden.

›Und nun, Freund James‹, sagte er, ›gehst du in meinem Hause schlafen und unter keinen Umständen darfst du vor Sonnenaufgang hierher zurückkehren. Haben wir uns verstanden? Unter keinen Umständen.‹

Mir blieb nichts anderes übrig als zu tun, was er verlangte, nachdem ich mich schon so weit seinen Anordnungen gefügt hatte. Ich wünschte ihm also eine gute Nacht und machte mich mit Shep auf den Weg. Als ich aus dem Haus trat, begann es zu nieseln.

Der wenige Schlaf, den ich in dieser Nacht fand, wurde durch eine Reihe der lautesten Donnerschläge gestört, die ich je gehört hatte. Ich blickte aus dem Fenster und sah,

31

dass sich der leichte Regen in einen Wolkenbruch verwandelt hatte, der die ganze Gegend unter Wasser zu setzen drohte. Es war so dunkel, dass ich zunächst annahm, ich sei in den schwärzesten Stunden kurz vor der Dämmerung aufgewacht. Als ich aber auf Charlies Wecker sah (den zu stellen ich verabsäumt hatte), erkannte ich, dass es schon sechs vorbei war. Die Sonne war also schon vor einer Stunde aufgegangen und doch war es noch immer dunkel. Ich zog mich hastig an und machte mich auf den Weg nach meiner eigenen Farm. Ich hoffte, dass Charlie die Nacht gut überstanden hatte, und fürchtete zugleich das Schlimmste.
Meine Ängste erwiesen sich als grundlos, denn als ich das Haus betrat, stand Charlie in der Küche und machte Kaffee und Spiegeleier.
›Ah, guten Morgen, James‹, sagte er. ›Du kommst gerade zum Frühstück zurecht, das heißt, sofern es mir gelingt, diese widerspenstigen Eier von der Pfanne loszukriegen.‹
›Hast du Fett in die Pfanne getan?‹, fragte ich und lächelte, obwohl mir, weiß Gott, nicht danach zu Mute war.
›Ach! Ich wusste doch, dass ich etwas vergessen habe! Siehst du, James, ich freue mich so über das neue Stück für meine Sammlung, dass ich meine Gedanken nicht beisammen habe. Komm, ich zeig es dir.‹
›Zuerst sag mir, wie es dir in der Nacht ergangen ist. Ist etwas geschehen?‹
›Ob etwas geschehen ist?‹
›Du weißt, was ich meine. Hattest du ... äh ... Besuch?‹
›James‹, antwortete er ausweichend, ›betrachten wir den

Fall als erledigt. Ich zweifle sehr daran, dass dich je wieder ungebetene Gäste belästigen werden. Sieh nur, wie fröhlich Shep umherspringt. Genügt dir das nicht als Beweis?‹
Er hatte Recht. Shep kam hereingesprungen und trug den Schmutz durch das ganze Haus, das er vor kurzem noch so sehr verabscheut hatte.
›Komm jetzt‹, sagte Charlie. ›Komm und sieh dir mein neues Stück an.‹
Er führte mich ins Wohnzimmer und zeigte mir den größten Nachtfalter, den ich je gesehen hatte. Er schien mir einen sehr bösen Ausdruck zu haben, sofern man von einem Falter überhaupt sagen kann, er habe einen Ausdruck. Ich bemerkte auch, dass dieses Exemplar nicht nur auf eine Nadel gespießt war, die die Körpermitte durchbohrte, sondern dass ihm Charlie ein zugespitztes Streichholz vom Kopf her der Länge nach durch etwa ein Viertel des Rumpfes geschoben hatte, und zwar ein wenig links von der Längsachse.
›Wunderschön, nicht wahr?‹, sagte Charlie erfreut. ›Aber jetzt wollen wir in die Küche gehen und versuchen das scheußliche Zeug zu essen, das ich da zurechtgemacht habe. Danach haben wir noch zu tun. Wir müssen alle Knoblauchspuren entfernen, bevor deine gute Frau nach Hause kommt, sonst glaubt sie noch, wir hätten in ihrer Abwesenheit dem Most zugesprochen oder beide zugleich den Verstand verloren. Und glaub mir, James, du wirst nie wieder von heimlichen Besuchern geplagt werden, und deshalb schlage ich vor deiner Frau nichts zu sagen. Ein kleines Geheimnis zwischen uns beiden, ja?‹

Charlie behielt Recht. Die Ereignisse, die ich hier aufgezeichnet habe, liegen nun mehr als ein Jahr zurück und ich habe keine nächtlichen Besucher mehr gehabt. Alles ist wieder ruhig und heiter und Martha weiß von alledem nichts.

Doch nun heißt es, eine Erklärung für diese Geschehnisse und ihr plötzliches Ende suchen. Ich habe zwei anzubieten.

Die erste ist die, dass die Frau, die all diese Aufregungen verursachte, eine entsprungene Irre war. Zu unserem Glück wurde sie wieder eingefangen, bevor sie echtes Unheil anrichten konnte. Das würde auch Sheps Angst erklären, denn man sagt, dass Hunde Geistesgestörte erkennen und fürchten. Nicht erklären würde es dagegen, warum er das Haus nicht betreten wollte, als sie wieder gegangen war. Es gibt in der Tat noch mehr Dinge, die sich durch diese Theorie nicht erklären lassen, und deshalb befriedigt sie mich auch nicht.

Die andere Möglichkeit wäre die, dass Charlie Redik Recht hatte. Die Frau war wirklich ein Vampir. Als Charlie in meinem Haus zu Bett ging, ließ er das Fenster neben dem Bett offen, sodass der Vampir eintreten konnte. Sobald er drinnen war, machte Charlie das Fenster zu und der Knoblauch versiegelte es. Charlie selbst roch ebenfalls kräftig nach Knoblauch. Er glaubte an die Wirkung dieses Geruches. Daher war der Vampir gegen ihn machtlos. Als er das Zimmer wieder verlassen wollte, verschloss ihm der Knoblauch jeden Ausgang. Und nun verwandelte er sich wahrscheinlich vor Charlies Augen in einen Falter und versuchte vergeblich durch irgendeine winzige Öffnung zu entweichen. Wenn es sich wirklich so zugetragen hat, muss der Kampf schrecklich gewesen sein.

Nun war es an jenem Morgen nach Sonnenaufgang noch dunkel. Der Vampir bemerkte daher bei seinen verzweifelten Versuchen zu entkommen nicht, dass die Nacht schon vorüber war. Der Überlieferung nach kann ein Vampir nur zwischen Sonnenuntergang und Sonnenaufgang umgehen. Daher verließen ihn die Kräfte, als die Nacht endete, und er fiel in seiner augenblicklichen Gestalt, nämlich der eines Falters, zu Boden. Charlie durchbohrte ihn mit dem Streichholz und tat ihn in den luftdichten Behälter. Wie ich schon andeutete, war das Streichholz so eingeführt worden, dass es auf die Stelle zielte, wo ein Mensch das Herz hat. (Ein Mensch oder einer der so genannten ›Untoten‹.)

Auch diese Theorie gefällt mir nicht, denn wenn ich sie akzeptierte, müsste ich alle meine früheren Ansichten ändern. Ich müsste an das Übernatürliche glauben, ich müsste glauben, dass meine Seele durch den Vampir gefährdet war und dass ich selbst zu einer Gefahr für Martha geworden wäre. Ich müsste alle meine Anschauungen so gründlich ändern, dass ich fürchte, mein Verstand würde den Wechsel nicht ertragen. Und doch sprechen die Tatsachen für diese Theorie.

Shep hasste und fürchtete das Wesen vom ersten Augenblick an. Daher der Angriff auf Shep vor der Scheune. Meine Hühner wurden umgebracht – nicht gefressen, sondern bis auf den letzten Blutstropfen ausgesaugt. Und

schließlich war da die unheimliche Fähigkeit dieses Geschöpfs, plötzlich in einem Zimmer, das ich für leer gehalten hatte, zu erscheinen und in einem Augenblick wieder zu verschwinden.
Ich weiß nicht, ob meine zweite Theorie stimmt oder nicht, und ich bin sicher, dass mich Charlie Redik, der es weiß, nie aufklären wird.«

Das also ist die Geschichte meines Urgroßvaters, fünfzig Jahre nach seinem Tode veröffentlicht. Er starb als glücklicher und allem Anschein nach geistig vollkommen gesunder Mann. Der Leser mag entscheiden, ob und wie weit sein Bericht ernst genommen zu werden verdient.
Ich möchte noch hinzufügen, dass Charlie Redik, der Junggeselle blieb, kurz vor seinem Freunde verschied und den größten Teil seiner Habe meinem Urgroßvater vermachte, unter anderem auch die prachtvolle Schmetterlingssammlung. Er stellte die Bedingung, dass diese Sammlung, sollte sie einst jemand vernichten wollen, verbrannt werden müsse, und zwar restlos.
Die Sammlung wurde auf dem Dachboden des Hauses meines Urgroßvaters aufbewahrt, in dem ich seit über fünfzig Jahren mit meiner Frau wohne. Aus Neugier holte ich sie herunter und betrachtete sie. Wirklich eine schöne Sammlung – mit Ausnahme des großen, in dem Bericht meines Ahns erwähnten Nachtfalters. Er sah tatsächlich hässlich und auf eine unbeschreibliche Weise böse aus. Das Streichholz war noch an seinem Platz, aber

eine Aura des Hasses und der Bosheit schien das Geschöpf zu umgeben.

Wir sind nicht abergläubisch, meine Frau und ich, aber wir hielten es für das Beste, uns auf kein Risiko einzulassen. Daher verbrannten wir auf der Stelle die ganze Sammlung.

Aus dem Englischen von Joachim A. Frank

Mario Giordano
Das tiefe Haus

Auch wenn ich nun aufschreibe, was bei jener Überfahrt damals geschehen ist, bedeutet das immer noch nicht, dass ich es auch glaube. Ich bin Arzt. Ich habe tausend Gehirne operiert und dabei nie eine Seele gefunden. Ich habe gelernt nur dem zu glauben, was ich sehe und verstehe. Doch falls das, was ich damals gehört und gesehen habe, wirklich wahr ist, dann muss es jemand erfahren und die richtigen Schlüsse daraus ziehen. Denn mir bleibt nicht mehr viel Zeit.
Dies ist ein Bericht.
Am 4. April 1996 bestieg ich in Genua die Fähre nach Palermo, um die Ostertage wie jedes Jahr im sizilianischen Frühling zu verbringen. Der Mann in dem grauen Anzug fiel mir bereits im Warteraum der Fährgesellschaft auf. Er schien an einer furchtbaren Krankheit zu leiden, denn er war schrecklich dünn und zitterte, obwohl es angenehm warm war, und war so bleich, dass man fast durch ihn hindurchsehen konnte. Der Mann, den ich trotz seiner schlohweißen Haare auf nicht älter als dreißig schätzte, manövrierte sich mit vorsichtigen Bewegungen durch die lärmenden Familienhorden und Rucksacktouristen zu einem freien Platz an der Wand, als tobe ein entsetzlicher Sturm um ihn herum. Jedes Lachen, jede

kleine Explosion von Fröhlichkeit schien ihn bis ins Mark zu erschüttern.
Die Langeweile einer Schiffsreise verfliegt am leichtesten, wenn man sich in eine hübsche Mitreisende verliebt oder einem anderen Passagier nachspioniert. Ich entschied mich für Letzteres, denn der Anblick des Mannes hatte etwas in mir berührt. Ein uraltes Bild hatte sich aus dem Vergessensschlaf gerissen, strudelte hoch, wirbelte in mein Bewusstsein und verwirrte mich zutiefst.
Nach dem Ablegen suchte ich den Mann jedoch vergeblich auf dem ganzen Schiff. Erst am Abend sah ich ihn im Restaurant, allein in einer Ecke, abseits des Rummels, den ein Tisch deutscher Urlauber wie eine lärmende Blase um sich verbreitete. Der bleiche Mann aß kaum, und wenn er die Gabel zum Mund führte, brauchte er schier eine Ewigkeit dafür.
Ich folgte ihm nach dem Essen in die Bar, wo er aus einer stillen Ecke Cognac bestellte und kurze nachtschwarze Honduras rauchte. Sein Blick wanderte wie suchend herum, und als er einmal etwas länger auf mir haften blieb, gab ich mir einen Ruck und stellte mich vor.
»Mir ist aufgefallen, dass Sie allein reisen«, sagte ich. »Nun, ich dachte, vielleicht haben Sie Lust, sich einem anderen einsamen Wolf anzuschließen und ein bisschen über den Verfall der Sitten zu heulen.« Ich machte eine Bewegung zu den deutschen Urlaubern, die gerade die Bar stürmten. Der bleiche Mann nickte kaum merklich.
»Bitte«, sagte er mit einer Stimme, so dünn und blass wie er selbst. Der Rauch der Honduras schnitt mir in die Nase.

»Das heißt, falls Sie lieber allein bleiben wollen...«
Der Mann lächelte dünn. »Ich bin so oft allein. Setzen Sie sich bitte. Sie haben mich schon an Land beobachtet.«
Er verblüffte mich. »Das haben Sie bemerkt?«
»Ja.« Er nippte an seinem Cognac, und mit dem winzigen Schluck schien etwas Farbe in sein Gesicht zu finden.
»Vielleicht war es so eine Art berufliche Neugier«, erklärte ich, um die peinliche Pause zu überspringen. »Ich bin Arzt und...«
»...ich sehe krank aus«, ergänzte der Mann und lachte unhörbar. Ich fror plötzlich.
»Na ja«, versuchte ich zu scherzen. »Zumindest so, als ob Sie eine Kur gebrauchen könnten.«
»Was für eine Krankheit habe ich denn Ihrer Meinung nach, Doktor?« Er sah mich kaum an und blickte sich wieder um.
Ich schluckte. »Dürfte ich Ihren Puls fühlen?«
Er streckte mir seinen Arm hin und ich berührte eine Hand, wie ich sie kälter nie erlebt habe. Es war, als befühlte ich ein Stück Eis. Ich gab ihm seine Hand vorsichtig zurück, als könne sie im nächsten Augenblick zerbrechen.
»Nun? Wissen Sie es, Doktor?«
Ich nickte langsam. »Ja«, sagte ich schwer. »Als Schüler verbrachte ich zwei Jahre in einem englischen Internat. Als ich Sie heute Vormittag sah, habe ich mich plötzlich wieder daran erinnert. Da gab es damals...«, ich suchte ein passendes Wort, »...so eine Art Hausmeister. Wir sahen ihn kaum, weil wir ihm zu laut waren. Er war... so wie Sie.«
»Und *was* bin ich?«, hauchte mein Gegenüber.

40

»Sie sind ein Gespenst.«

Der bleiche Mann nickte und lehnte sich zurück. Es schien, als hätte dieser Satz ihn etwas aufgewärmt.

»Ich habe es Ihnen angesehen, dass Sie es wussten. Man bekommt mit der Zeit einen Blick dafür.«

»Was machen Sie hier auf diesem Schiff?«, fragte ich und bemühte mich um Fassung.

Er lachte wieder sein lautloses Lachen, das mich wie kalter Nebel umwehte. »Warum ich nicht in einem alten Schloss spuke, meinen Sie? Wie Ihr alter Hausmeister. Nun, sehen Sie, ich suche jemand.«

»Darf ich fragen, wen?«

Der bleiche Mann sah mich an. Ich hätte fast aufgeschrien unter diesem Blick. Diese Augen waren so leer und kalt wie ein traumloser, ewiger Schlaf und doch spiegelte sich tief dahinter etwas weitaus Entsetzlicheres. Entsetzlicher als alles, was ein Mensch sich vorstellen kann.

»Wollen Sie meine Geschichte hören?«, flüsterte er. »Ich erzähle sie Ihnen. Wir haben eine ganze Nacht vor uns, wir haben Zigarren und diesen wunderbaren Cognac, der mich an ein Leben erinnert, wo es so etwas wie Sommer gab.« Er zog an seiner Zigarre und Rauch vernebelte sein Gesicht. »Aber ich warne Sie. Die Geschichte wird Sie verändern. Sie werden nicht mehr der sein, der sie vorher waren. Also?«

»Erzählen Sie«, sagte ich heiser.

»Mein Name ist José Ramirez«, begann er. »Ich wurde 1953 in Mexiko-Stadt geboren, falls Sie je Nachforschungen über mich anstellen wollen. 1972 ging ich nach Euro-

pa, um zu studieren. Auf Kosten meines Vaters lebte ich sorglos in Madrid, in Paris und schließlich in Hamburg, hauptsächlich, um Ihre grässliche Sprache zu lernen.«
»Und wie...«
»Geduld!«, mahnte mich Ramirez scharf. »Sie werden schon alles hören. Die Welt der Toten ist kompliziert. Wissen Sie, für uns Mexikaner ist alles viel einfacher. In Mexiko *glaubt* man noch. Wir backen unseren Toten zu bestimmten Feiertagen süße Totenschädel und viele Dinge, die Ihnen seltsam oder übernatürlich erscheinen mögen, sind für uns völlig normal. Deshalb komme ich ganz gut mit meinem heutigen Leben klar.«
»*Leben?*«, entfuhr es mir. Er lächelte.
»Ja, ich lebe. Da staunen Sie. Und bin doch tot. Aber ich bin kein Geist. Ebenso wenig wie Ihr alter Hausmeister. Sie können mich berühren, ich spreche zu Ihnen, ich trinke und esse, auch wenn das nicht nötig wäre. Ich tue es nur, um mich zu erinnern. Ich altere sogar, wenn auch unendlich viel langsamer als Sie und irgendwann werde ich *vergehen.*«
Er nippte wieder an seinem Cognac und blickte sich noch einmal um.
»Und jetzt hören Sie zu, denn die Nacht wird bald um sein.« Er schloss die Augen und sprach hastig und leise an mir vorbei, wie zu sich selbst. »Die erste Zeit in Hamburg verbrachte ich in einer lauten Seemannspension. Ich beschäftigte mich damals mit Totenkulten alter Völker, lernte Deutsch und vergnügte mich in den Lokalen am Hafen. Eines Tages entdeckte ich in einer Zeitung eine

Kleinanzeige, in der ein Zimmer angeboten wurde. Ich fuhr am Abend zu der Adresse und fand mich plötzlich in einem großen, düsteren, alten Haus wieder.

Wie es schien, wohnten nur alte Leute dort, so alt wie das Haus selbst. Ja, ich sei der erste Untermieter seit Jahren, bestätigte mir meine Vermieterin, und das Haus sei wirklich sehr, sehr alt. Es sei oft umgebaut worden und stehe auf uralten Fundamenten. Nun, ich hielt die Vorstellung eines so alten Hauses in Hamburg für reichlich überspannt, aber das Zimmer war groß und ruhig und billig, was meinen Vater freuen würde, der längst auf ein Ende des teuren Studiums drängte. Ich zog noch am gleichen Tag ein.

Damals fielen mir zwei Dinge auf: Ein eisiger Luftstrom zog vom Keller hinauf durch das ganze Haus. Und dann die Pupillen meiner Vermieterin. Sie waren viereckig. Ja, viereckig. Ich hielt das zunächst für eine Laune der Natur, doch in den nächsten Wochen bemerkte ich es auch bei meinen Nachbarn. Sie alle hatten *viereckige* Pupillen! Und mit der Zeit fiel mir noch etwas auf: Tagsüber sah ich weder meine Vermieterin noch die anderen Nachbarn. Das Haus war wie ausgestorben. Sobald es jedoch dunkel wurde, kamen sie aus ihren Wohnungen und schlurften nach und nach in den Keller. Mich schienen sie nicht zu beachten, wenn ich ihnen begegnete. Bald fiel mir auch die seltsam glänzende Haut meiner Nachbarn auf, die mich an gegerbte Fischhaut erinnerte. All das beunruhigte mich zunächst nicht, bis ich eines Nachts schreiend aus einem schrecklichen Alptraum auffuhr und nicht mehr einschla-

fen konnte. Kennen Sie diese Träume, in denen man Sie ruft?«
»Nein!«
»Sie werden sie kennen lernen, glauben Sie mir. Am nächsten Morgen tat ich, was ich seit meiner Abreise aus Mexiko nicht mehr getan hatte – ich betete sehr lange. Dann besorgte ich mir eine starke Taschenlampe und ging in den Keller.
Ich weiß nicht mehr, wie ich den Mut aufbrachte. Vielleicht redete ich mir ein, dass die alten Leute so eine Art Sekte bildeten und nachts einen alten Totenkult abhielten, der vielleicht für eine Doktorarbeit interessant wäre.«
Ramirez lachte. »Eine *Doktorarbeit!* Wie naiv! Nun, der Keller war riesig. Er verteilte sich wie ein Labyrinth, wie ein Krake in unzähligen Gängen über die gesamte Grundfläche des Hauses. Hinter den Holzverschlägen verstaubten wurmstichige Möbel, verschimmelten alte Bilder und verrostete uralter Hausrat. Der kalte Luftstrom war nun schon sehr stark. Ich fror erbärmlich und alles in mir schrie danach, den Keller zu verlassen. Dennoch machte ich weiter und nach etwa einer Stunde fand ich, wonach ich gesucht hatte. Glauben Sie an die Hölle, mein Freund?«
»Ich ... also ... Nein!«, stammelte ich überrascht.
»Glauben Sie, mein Freund!«, rief er. »Glauben Sie! Ich habe sie nämlich gesehen. Und Sie ahnen gar nicht, wie viele Höllen es gibt. Eine von ihnen liegt unter diesem Haus in Hamburg. Ich fand eine Tür. Ich öffnete diese Tür. Fauliger Geruch schlug mir ins Gesicht. Ich fiel auf

die Knie. Ich wollte weglaufen, doch das, was mich im Traum gerufen hatte, zog mich nun weiter, und ich betrat die Treppe, die gleich hinter dieser Tür bodenlos und steil in die Tiefe führte. Meine Taschenlampe half mir nicht mehr viel. Das bisschen Licht wurde von den schwarzen Wänden und der stinkend dichten Luft völlig aufgefressen. Ein Luftstrom umwehte mich, als ob ich im Atemzug eines riesigen, entsetzlichen Wesens stünde. Ich stieg diese Treppe hinab, betend wie ein Kind. Stundenlang. Tagelang. Ich weiß nicht. Hin und wieder ging ein Gang seitlich ab, doch ich stieg weiter hinab ins Nichts. An den Wänden sah ich im Schein meiner Lampe furchtbare Zeichnungen und eingeritzte Schriften, wie sie kein menschliches Wesen hervorbringen konnte. Ich musste mich oft übergeben.

Ich will Sie nicht mit meinem Grauen aus einem anderen Leben langweilen. Ich mache es kurz. Die Treppe endete auf sandigem Grund und ich stand in einer großen, felsigen Halle, die von meiner Taschenlampe kaum erhellt wurde. Es war sehr warm, daraus schloss ich, dass ich mich schon in großer Tiefe befinden musste. Die Luft war kaum zu atmen. Und welch bestialischer Gestank! Ringsum hatte irgendwer oder irgend*etwas* lange Nischen in den Fels getrieben. Die Nischen jedoch waren leer. Auch hier waren die Wände mit Ornamenten und scheußlichen Zeichnungen bedeckt. Dazwischen auch immer wieder Augen mit viereckigen Pupillen. Ein gewundener seitlicher Gang führte in eine noch größere Halle mit einem felsigen Boden. In dieser Halle nun stand ein mächtiger,

flacher Fels. Und auf diesem Fels, das wusste ich sofort, hatte *es* gelebt.«
»*Wer?*«, rief ich. »*Was?*«
Ramirez wischte mit einer Hand fahrig durch die Luft. »Satan, Behemot, Seth, Pazúzú – wie auch immer Sie *es* nennen wollen. In der zweiten Halle entdeckte ich eine Zeichnung von ihm. *Es* ist mit nichts zu vergleichen. *Es* ist nicht von dieser Welt. Und *es* ist das pure Böse.«
»Wo war *es*?«
»Ich weiß nicht. Vielleicht tot. Oder schon lange fort, weitergewandert. Ich entdeckte an den Wänden auch Zeichnungen, die so etwas wie Karten darstellten, auf denen *seine* anderen Aufenthaltsorte eingezeichnet waren.«
»Und was taten Sie dann?«
»Ich tötete die Vampire.«
»Wie bitte?«
»Meine Vermieterin und meine Nachbarn. Vampire, Dämonen, Dschinns – auch alles bloß Namen für die Wesen, die aus *ihm* hervorgehen, wenn *es* sich mit uns vermischt. Denn das ist, was *es* will. Es will *uns.* Viel Zeit war vergangen. Ich musste zurück nach oben, bevor mir meine Nachbarn entgegenkamen. Ich rannte, wie ich nie zuvor gerannt bin, ich brach auf der Treppe zusammen, wurde bewusstlos, erwachte und rannte wieder weiter. Als ich durch die Tür im Keller kroch und aus dem Keller nach draußen, dämmerte es bereits und ich hörte, wie sich oben im Haus die ersten Türen öffneten. Die Nacht über versteckte ich mich im Garten hinter dem Haus. Am anderen Tag dann besorgte ich Pflöcke und tat meine blutige Pflicht.«

»Und sie merkten nichts?«
»Sie schliefen. Ich trat eine Wohnungstür nach der anderen ein und pfählte sie alle. Ich bin Mexikaner. Ich wusste, was ich zu tun hatte. Glauben Sie mir, alle Mythen sind wahr. Alles, was Menschen je über das Böse erzählt und geschrieben haben, ist wahr. Und Vampire tötet man mit einem Pflock.«
»Aber wie sind Sie ...«
Ramirez zuckte die Achseln. »Ich hatte Pech. Einer von ihnen erwachte, als ich den Pflock ansetzte, und griff nach mir. Hier.« Ramirez hielt mir seinen linken Arm hin, auf dem eine schwärzliche, geschwollene Wulst zu sehen war. »Die Verletzung reichte nicht, um mich zu töten, doch sie machte mich zu dem, was ich jetzt bin. Tot und doch nicht tot.«
»Und seitdem ...«
Er zuckte gleichgültig mit den Schultern. »Seitdem pfähle ich Vampire, wo ich sie finde, und jage und töte das Ding, bevor es die ganze Menschheit ausrottet. Denn es gibt viele von *ihnen*. Die Menschen wussten immer von *ihnen* und gaben dem Grauen Namen. Doch das Wissen ging verloren. Und die, die es wussten, wurden als Spinner verbrannt und eingesperrt. Aber José Ramirez weiß alles. Ich habe alles gelesen, was je über Dämonen und Teufel geschrieben wurde, wie man sich gegen sie schützt und wie man sie vernichtet. Ich habe dabei auch viel über mich erfahren und weiß, dass auch meine Zeit begrenzt ist. *Es* vermehrt sich. Sie schlafen ein paar tausend Jahre, bewacht von viereckigen Pupillen, und irgendwann erwa-

chen sie, eines nach dem anderen. Nach meiner Schätzung hat der Zyklus vor ein paar Jahren wieder eingesetzt. Ich habe ein Ding in Guatemala noch im Schlaf erwischt, ich habe das in Zaire getötet und das uralte Biest in Indien.«
Der bleiche Mann erschauderte. »In Sizilien lebt eins unter dem Ätna. Ein sehr altes, kurz vor dem Erwachen.«
Er trank wieder von seinem Cognac. Schweigen entstand und vermischte sich mit dem Rauch der Honduras. Ramirez fasste mich scharf ins Auge.
»Aber ich bin allein. Und allein ist es nicht zu schaffen.«
»Sie sind verrückt«, platzte ich heraus. Laut genug, dass sich ein paar Gäste nach uns umdrehten. Ich war wütend. »Ich habe mich für einen Moment von Ihrem Aussehen und meinen Kindheitserinnerungen einschüchtern lassen. Aber weder sind Sie ein Gespenst noch gibt es dieses tiefe Haus. Sie sind einfach krank. Krank und verrückt.« Ich wollte aufstehen.
»Sie können jetzt nicht gehen!«
Ich stand bereits. »Das sehen Sie doch! Gute Nacht.«
Ramirez stand mit einer Behändigkeit auf, die ich ihm nicht zugetraut hätte, und hielt mich am Arm fest. Ich zuckte zusammen, wie unter einem Stromschlag.
»Bleiben Sie!«, zischte Ramirez scharf. »Sie *können* nicht gehen.«
Ich befreite mich heftig aus seinem Griff und trat schnell einen Schritt zur Seite. Die Stelle, wo er mein Handgelenk umklammert hatte, brannte.
»Leben Sie wohl!«, sagte ich knapp und verließ die Bar, so schnell ich konnte.

»Sie *können* nicht gehen!«, rief mir Ramirez nach.
Ich beeilte mich in meine Kabine zu kommen, schloss mich ein und horchte, ob er mir folgen würde. Doch er kam nicht und so blieb ich allein mit einem Sturm von Gedanken, wilden Bildern und uralten Ängsten meiner Kindheit. Ich dachte, dass ich nicht schlafen würde, doch irgendwann erwachte ich in unbequemer Haltung auf dem Bett. Draußen rannte jemand über den Flur an meiner Tür vorbei. Die Sonne funkelte bereits durch das gischtnasse Bullauge. Sechs Uhr. Noch etwa zwei Stunden bis Palermo. Ich wusch mein Gesicht, zog ein frisches Hemd an, packte meinen Koffer und trat auf den Gang. Ich wollte frühstücken und ich wollte Ramirez noch einmal sprechen.

Irgendetwas war geschehen. Im Speisesaal standen die Stewards und Offiziere mit grauen Gesichtern beisammen und tuschelten. Die Unruhe übertrug sich unmittelbar auf die versammelten Passagiere. Ein Kind schrie und war nicht zu beruhigen. Ein Steward baute ein Mikrofon vor dem Büffet auf und einer der Offiziere fragte auf Englisch, ob sich ein Arzt an Bord befinde. Bei solchen Gelegenheiten warte ich normalerweise ab, ob sich nicht ein junger Kollege vordrängt. Diesmal aber meldete ich mich sofort.

Ein Steward führte mich ohne weiteren Kommentar zum B-Deck, wo mich der Kapitän vor einer Kabine erwartete. Er nahm mich wortlos am Arm und zog mich in die Kabine.
»Die Tür stand offen«, erklärte er drinnen. »Ein Steward hat es vor einer Stunde entdeckt.«

Eine Frau lag auf dem Bett. Ich hatte sie im Warteraum der Fährgesellschaft gesehen und beim Abendessen. Jetzt lag sie auf dem Bett und in ihrer Brust steckte ein Holzpfahl und sie war so tot, wie man nur tot sein kann. Blut war seltsamerweise nicht zu sehen.
»Der Steward sagt, als er sie fand, habe sie noch geröchelt«, sagte der Kapitän. »Vielleicht...«
»Nein«, sagte ich, trat an das Bett und kontrollierte die Pupillen der Frau. Sie waren viereckig. Für einen Augenblick umwehte mich der Geruch kalten Zigarrenrauchs. Zu diesem Zeitpunkt bemerkte ich auch die juckende rötliche Schwellung an meinem Handgelenk, dort, wo mich Ramirez berührt hatte.
»Wann legen wir an?«
»In einer knappen Stunde«, sagte der Kapitän und fluchte.
»Lassen Sie den Passagier Ramirez holen. José Ramirez.«
Der Kapitän rief nach dem Quartiermeister, doch der fand auf seiner Liste keinen José Ramirez. Es gab überhaupt niemanden, auf den die Beschreibung im Entferntesten gepasst hätte. Ich verlangte nach dem Barmann, der uns am Abend zuvor bedient hatte, doch der erkannte nur mich. An einen Herrn mit schlohweißem Haar konnte er sich nicht erinnern.
Als wir in Palermo anlegten, durfte zunächst keiner von Bord. Die italienischen Behörden untersuchten den Mord und befragten jeden Passagier. Weder befand sich Ramirez darunter noch hatte irgendwer den auffälligen Mann gesehen. *Auf dieser Fähre hatte es nie einen José Ramirez gegeben!*

Die Polizei hielt mich zwei Tage fest. Sie stellten viele Fragen, bevor sie mich dann ohne weitere Erklärung gehen ließen. Ich fragte, ob man den Täter unter den Passagieren gefunden hätte, doch niemand gab mir Antwort. Als ein Carabiniere mir meinen Pass zurückgab und mir Frohe Ostern wünschte, sah ich, dass er viereckige Pupillen hatte.

Noch am gleichen Tag flog ich zurück.

Seit zwei Tagen nun merke ich, dass sich etwas verändert. Die Schwellung am Handgelenk ist äußerlich abgeklungen, doch von der Stelle kriecht nun ein Gefühl großer Kälte den Arm hinauf und breitet sich über den ganzen Körper aus. Es geht sehr schnell. Kaffee schmeckt mir nicht mehr, überhaupt fühle ich immer weniger. Weder Angst noch Freude. Dafür träume ich. Man ruft mich. Ich bin Arzt. Ich weiß, was das bedeutet. Doch um zu entscheiden, ob ich wirklich verrückt geworden bin oder ob Ramirez nun nicht mehr alleine seiner furchtbaren Jagd nachgehen muss, gibt es nur einen Weg.

Hier endet mein Bericht. Sollte ich heil an Leib und Seele aus dem tiefen Haus zurückkehren, werde ich ihn genau an dieser Stelle fortsetzen.

Christine Nöstlinger
Florence Tschinglbell

Sisi und Sigi waren Geschwister.
Sie stritten jeden Tag und jeden zweiten Tag prügelten sie sich, wobei Sigi immer den Kürzeren zog, weil er nur boxte, Sisi aber zwickte und kratzte und biss und mit den Füßen trat.
Sisi und Sigi stritten nie wegen Kleinigkeiten. Dinge wie abstehende Ohren, kaputte Elektro-Autos, eingedrückte Puppenaugen, verbogene Heftdeckel, Hasenzähne und Dreckfinger störten weder Sisi noch Sigi. Sisi und Sigi stritten sich immer wegen der gleichen Sache.
Sisi erzählte etwas.
Sigi behauptete, was Sisi da erzählte, sei gelogen. Sisi rief Nein, es sei die reine Wahrheit.
Sigi schrie: »Nur ein Doppeldepp glaubt dir das!«
Sisi wurde dann so wütend, dass sie Sigi zwickte oder kratzte oder biss oder trat.
Und dann boxte Sigi.
Und dann kam die Mutter und drohte mit Ohrfeigen. Als ob im Kinderzimmer nicht schon genug herumgeprügelt wurde!
Nach den angedrohten Ohrfeigen vertrugen sich Sisi und Sigi wieder ein bisschen. Sie vertrugen sich so lange, bis Sisi wieder eine Geschichte erzählte, die Sigi nicht glaubte.

An dem Tag, von dem ich erzählen will, saßen Sisi und Sigi im Kinderzimmer und vertrugen sich ein bisschen.
»Weißt du was zum Spielen?«, fragte Sigi.
»Blek-Pita«, sagte Sisi.
»Kenn ich nicht«, sagte Sigi.
»Heißt Schwarzer Peter auf Englisch«, erklärte Sisi.
»Und warum«, fragte Sigi, »warum sagst du das englisch?«
Sisi holte die Schwarze-Peter-Schachtel aus der Tischlade, drehte sie hin und her und sprach: »Ach, das habe ich mir so angewöhnt, von meiner Freundin, der Florence Tschinglbell, die redet ja englisch!«
»Hör auf«, rief Sigi, »hör sofort auf!«
Sigi hätte sich nämlich noch gern ein bisschen mit Sisi vertragen. Aber wenn Sisi mit Florence Tschinglbell anfing, ging das leider nicht. Seit einer Woche hatte Sisi das. Seit einer Woche behauptete sie eine Freundin zu haben, die Florence Tschinglbell hieß und Vampirzähne und Schuhnummer 50 hatte und lange meergrünblaue Haare und einen Hund mit Reißzähnen namens Lin-Fu, der statt Wauwau Tschingtschang bellte, weil er ein großer gelber chinesischer Hund war. Sigi konnte nicht an diese Freundin glauben; noch dazu, wo sie im Kanal wohnte. Im Kanal beim Kino, über dessen Einstieg eine Litfaßsäule war.
Sigi rief also noch einmal: »Hör sofort auf!« Doch Sisi hörte nicht auf. Sie öffnete die Kartenschachtel.
»Schau her«, sagte sie und zeigte auf die oberste Karte.
Sigi schaute hin. Er betrachtete die oberste Karte. Der To-

wer von London war darauf. Sisi erklärte triumphierend: »Na! Wie käm ich denn zum Tower von London, wenn ich nicht die Florence Tschinglbell zur Freundin hätt, ha?«

»Du Kuh, du«, brüllte Sigi, »für wie blöd hältst du mich denn? Weil du eine Karte von meinem Städtequartett zu deinen Schwarzen-Peter-Karten steckst, so glaub ich noch lang nicht an den Vampirzahnhund!«

»Er hat Reißzähne«, sagte Sisi, »sie hat die Vampirzähne!«

Sigi gab keine Antwort. Er wollte sich nicht noch mehr aufregen.

Sisi holte eine Karte aus der Schachtel. Es war die Karte mit der Marienkäferfrau. Die Karte war auf der unteren Hälfte braungrau und verbogen. Sisi schaute die Karte an und meinte verträumt: »Sigi, siehst den Dreckfleck da? Da haben wir in der Litfaßsäule Blek-Pita gespielt und da ist mir die Karte in den Kanal gefallen.«

Sigi bekam vor Wut fast keine Luft zum Atmen. »Die Karte«, keuchte er, »ist dir am Sonntag ins Kaukau-Heferl gefallen!«

Sisi schüttelte den Kopf.

»Ich war doch dabei«, keuchte Sigi weiter.

Sisi sagte: »Gar nicht wahr!« Und dann: »Du hast geträumt!«

Sigi boxte Sisi die Marienkäferkarte aus der Hand. Sisi biss Sigi in den Arm. Sigi boxte Sisi in den Bauch. Sisi kratzte Sigi quer übers Gesicht.

Der Vater kam ins Kinderzimmer und schrie: »Friede – Friede!«

Da Sisi und Sigi ziemlich wohlerzogene Kinder waren, hörten sie sofort zu kämpfen auf.
Sisi sagte: »Papa, er glaubt mir schon wieder nicht!«
Sigi sagte: »Papa, sie lügt schon wieder so!«
Der Vater war nicht einer, der von seinen Kindern nur die Namen und die Schuhgröße weiß. Der Vater kannte die Schwierigkeiten von Sigi und Sisi genau. Aber der Vater hatte einen anderen Nachteil. Er glaubte, alle Probleme auf der Welt seien mit ein bisschen Witz und Spaß und Humor zu lösen.
Der Vater zwinkerte also Sigi verschwörerisch zu und sagte grinsend zu Sisi: »Na, Sisilein, was glaubt er dir denn nicht?«
»Er glaubt mir die Tschinglbell nicht!«, klagte Sisi.
»Ich glaub dir die Tschinglbell!«, rief der Vater und zwinkerte wieder. Sigi blinzelte zurück und bat Sisi scheinheilig ihm doch von der Tschinglbell zu erzählen.
Und Sisi erzählte. Von den meergrünblauen Haaren, von den sehr spitzen Vampirzähnen, von der Schuhnummer 50, von Lin-Fu und seinen Reißzähnen und seinem Tschingtschang-Gebell. Und vom Kanal unter der Litfaßsäule natürlich auch.
Den Vater freute das ungemein. Er war eben ein heiterer Mensch. Sigi flüsterte ihm zu: »Alles gelogen! In der Litfaßsäule ist eine Kiste mit Sand zum Streuen. Und den Schlüssel dazu hat der Straßenkehrer!«
»Vielleicht ist der Straßenkehrer der Vater von ihr?«, flüsterte der Vater zurück.
Der Vater hatte zu laut geflüstert. Sisi rief:

»Seid nicht so dumm! Der Straßenkehrer ist ein türkischer Gastarbeiter und die Florence Tschinglbell ist Engländerin!«

»Redest du englisch mit ihr?«, fragte Sigi und blinzelte dem Vater zu. Der Vater zwinkerte zurück wie eine Blinklichtampel. Es war schön, dass er sich mit seinem Sohn so gut verstand.

Sisi meinte: »Die Florence redet so Englisch, dass man sie auch versteht, wenn man nicht Englisch kann!«

»Aha, aha«, riefen Vater und Sohn Sigi im Chor. Sie verstanden sich immer besser.

»Lad sie doch ein«, kicherte der Vater, »ich möcht sie kennen lernen!«

Sisi wollte nicht. Sie sagte, das sei ganz unmöglich, weil Lin-Fu recht bissig sei und auch Florence die Vampirzähne benutzte, wenn sie wütend wurde; und sie wurde ziemlich leicht wütend.

»Wir werden sie besuchen«, rief der Vater.

»Wir klopfen an die Litfaßsäule, bis sie aufmacht«, schrie Sigi.

»Sie macht nur auf«, sagte Sisi, »wenn man sich telefonisch anmeldet.«

»Sie hat Kanaltelefon?« Der Vater grinste hinter der vorgehaltenen Hand und trat Sigi gegen das Schienbein, damit er zu kichern aufhörte.

»Keines mit Hörer und Wählscheibe«, verkündete Sisi, »nur so ein Loch in der Mauer und da kommt meine Stimme heraus, wenn ich mich anmelde.«

»Und wo telefonierst du hinein?«, fragte der Vater.

Sisi wollte es nicht sagen. Erstens, weil es geheim war, und zweitens, weil es die Tschinglbell verboten hatte, und drittens, weil es angeblich gefährlich war.
Der Vater und Sigi schmeichelten: »Sisi, bitte, bitte, Sisi!«
»Na gut, ich sag es«, seufzte Sisi, »am Klo! In die Klomuschel hinein!«
Sigi und der Vater kreischten los wie die Affen. Sie sprangen im Zimmer herum und brüllten: »Durchs Klo, durchs Klo, sie telefoniert durchs Klo!«
Dann liefen sie zum Klo. Sigi zog die Spülung und der Vater brüllte in die Muschel: »Hallo, hallo, hier Klo vom zweiten Stock! Florence Tschinglbell, hörst du mich? Hier spricht der Vater von Sisi! Es ist dringend, dringend.«
»Hört auf«, sagte Sisi, »sie hält gerade ihren Mittagsschlaf!«
Dem Vater war das gleichgültig. Jetzt zog er die Spülung und Sigi brüllte in die Muschel.
Die Mutter kam aus dem Wohnzimmer und beschwerte sich.
»Plemplem«, rief sie, »das hört doch der Meier durchs Klo durch!«
Der Vater hörte mit dem Spülungziehen auf und Sigi mit dem Brüllen. Vor dem Meier hatten sie Angst. Der Meier klopfte immer mit dem Besen, wenn es laut wurde, und Briefe an die Hausverwaltung schrieb er auch.
»Wir haben nur Spaß gemacht«, entschuldigte sich der Vater.
»Heidenspaß!«, sagte Sigi.

Sisi lehnte an der Kinderzimmertür und biss an ihrem linken Daumennagel.
»Bist du uns böse?«, fragte der Vater.
Sisi schüttelte den Kopf.
»Nicht böse«, sagte sie leise, »aber ich habe Angst um euch!«
»Warum hast du Angst?« Die Mutter verstand gar nichts.
»Ihre Zähne sind so scharf«, murmelte Sisi.
Auf einmal hörte man am Gang, vor der Wohnungstür, schwere, laute Schritte, die näher kamen, und ein grünblauer Meergeruch kroch durch das Schlüsselloch. Dann rüttelte es an der Wohnungstür und eine Stimme, genauso kreischend wie eine Kreissäge, sagte: »Ju haben schreid for mi! Ei em hier! Open das Dor, ju lausige Bastards, ju!«
Sisi ging mit kleinen Schritten durchs Wohnzimmer, vorbei an ihrem Vater, vorbei an Sigi. Sie hatte in jedem Auge eine große Träne. Wenn der Vater auch ein bisschen zu witzig war und Sigi auch nie etwas glauben wollte; sie hatte die beiden doch sehr lieb gehabt.
Ich werde sie sehr vermissen, dachte Sisi und öffnete ihrer Freundin die Tür.

Willis Hall
Der letzte Vampir
Romanauszug

Jenseits des Hangs beobachtete Graf Alucard traurig vom Burgfenster aus, wie sich ein Kaninchen in Sicherheit brachte und die Wölfe in ihrer Wut und Angst das Zelt in Fetzen rissen. »Arme Geschöpfe«, flüsterte er leise vor sich hin und wandte sich dann entschuldigend an die beiden Gäste, die in seinem Zimmer saßen: »Mein Vorfahr pflegte sie die Kinder der Nacht zu nennen, wissen Sie.«
»*Wen* hat er die Kinder der Nacht genannt?«, fragte Albert Hollins erstaunt. Er wusste immer noch nichts von der Existenz der Wölfe – und schon gar nichts davon, dass sie gerade sein Zelt in Stücke rissen.
Graf Alucard zuckte die Schultern. »Ach, das ist nicht wichtig«, sagte er seufzend. Seine Gäste, fand er, hatten im Augenblick schon Kummer genug, da brauchten sie sich nicht auch noch darüber zu sorgen, wo sie in der Nacht ein Dach über dem Kopf finden sollten. Er wandte sich an Henry. »Erzähl mir alles, was du vom Verschwinden deiner Mutter weißt.«
Henry schüttelte mutlos den Kopf. »Da gibt es nicht viel zu erzählen. Sie war weg, als wir heute Morgen aufwachten.«

»Und das sieht Emily gar nicht ähnlich«, warf Albert ein. »Gewöhnlich stehe ich als Erster auf. Sie findet nie aus den Federn, bevor ich ihr eine Tasse Tee ans Bett gebracht habe – oder an ihren Schlafsack, solange wir in Ferien sind.«

»Wir haben gedacht«, sagte Henry, »ob sie vielleicht hierher gekommen ist, um Wasser von der Pumpe zu holen; sie ist dann in die Burg gegangen und hat sich verirrt – vielleicht hat sie sich irgendwo eingeschlossen?«

Graf Alucard ließ mit einer verneinenden Geste die langen Finger durch die Luft gleiten. »Sie ist nicht in der Nähe der Burg gewesen«, sagte er. »Ich hätte sie bestimmt gesehen. Aber wenn es Sie beruhigt, können wir gern die Burg durchsuchen.«

»Wenn es Ihnen auch wirklich keine Umstände macht, Graf?«, sagte Albert.

»Überhaupt nicht. Ganz im Gegenteil – mit dem größten Vergnügen.« Der Graf warf sich nachlässig das rot gefütterte Cape über eine Schulter und rückte seine schwarze Fliege zurecht. »Kommen Sie mit«, sagte er. »Folgen Sie mir – ich gehe voraus.«

Der Graf geleitete seine Gäste aus dem Zimmer, in dem er wohnte, und zeigte ihnen die ganze alte Burg.

Zuerst führte er sie zum höchsten verfallenden Turm und von hier aus arbeiteten sie sich über enge, abgetretene, steinerne Wendeltreppen durch jeden Winkel, jeden Erker, jedes Schlupfloch bis hinunter zum tiefsten dunkelsten Verließ. Nicht viele der weiten, hohen Räume, durch die sie kamen, waren möbliert, aber fast alle erinnerten auf die eine oder andere Weise an ein Zeitalter eleganten Lebensstils, das längst vergangen war. Da gab es zum Beispiel einen riesigen Ballsaal mit rissiger goldener Decke und verstaubten Leuchtern, den einst tausende brennender Kerzen in strahlendes Licht getaucht hatten. Es gab viele kunstvoll getäfelte Schlafzimmer mit handgeschnitzten Bettgestellen. Von den Bettpfosten hingen jetzt die schweren Brokatbaldachine in verblassten Fetzen herab. Es gab Wohnzimmer, Empfangszimmer, Boudoirs, Gästezimmer, Dienstbotenzimmer. In der düster-eindrucksvollen Bibliothek mit den Buntglasscheiben und den vielen leeren Bücherregalen erinnerte nur ein vergessener, vermodernder Lederband auf dem staubigen Boden an den Reichtum literarischer Bildung, der einst in diesem Raum versammelt gewesen war.

Gleich neben dem Burghof war eine große Remise. Hier standen die vielen Wagen, Kutschen, Einspänner und andere Fuhrwerke, in denen die Bewohner der Burg früher gereist oder einfach über das eigene Gelände spazieren gefahren waren. Sogar einen großen Schlitten mit abgewetzten Ledersitzen gab es. Der Aufbau war schön verziert mit vergoldeten Schnörkeln und Spiralen und an roten Samtschnüren baumelten Silberglocken. Das Geschirr für alle diese Fahrzeuge hing an den schmutzigen getünchten Wänden.

Die Remise war die letzte Station ihres Besichtigungsrundgangs.

Graf Alucard, der sich als liebenswürdiger und mitteilsamer Führer erwiesen hatte, geleitete seine Gäste in den gepflasterten Hof. Henry hatte die Remise am besten gefallen, doch Albert Hollins war von allem, was sie gesehen hatten, gleichermaßen beeindruckt.

»Wirklich, Graf!«, sagte er begeistert. »Das war ein großes Erlebnis für mich! Ich weiß nicht, wann mir zuletzt etwas so gut gefallen hat. Wenn Sie diese Burg mit allem Drum und Dran nach England transportieren könnten, hätten Sie einen fabelhaften herrschaftlichen Landsitz! Und mit Besichtigungen für Reisegesellschaften könnten Sie ein Vermögen verdienen – tatsächlich –, ein Vermögen! Stimmt's nicht, Henry?«

Henry nickte eifrig.

Graf Alucard verneigte sich leicht. »Danke, es ist sehr freundlich von Ihnen, das zu sagen. Ich bin entzückt, dass Ihnen der Rundgang so gut gefallen hat – und bedaure nur, dass wir dabei nicht auf Mrs Hollins gestoßen sind.«

Albert schluckte.

Henry schluckte zweimal.

Die Burgbesichtigung hatte sie so gefangen genommen, dass sie beide den eigentlichen Grund dafür ganz vergessen hatten.

»Mami!«, stieß Henry hervor.

»Emily!«, stöhnte Albert. Er warf einen Blick auf seine Armbanduhr und riss erschrocken die Augen auf. »Und wie die Zeit vergangen ist! Sie fliegt nur so dahin, wenn man sich gut unterhält. Der halbe Nachmittag ist schon vorbei. Und seit über sechs Stunden ist Emily weg! Wenn wir bloß wüssten, wo sie steckt. Hoffentlich geht es ihr gut.«

Der Graf führte sie durch den Wagenschuppen zurück in die Burg. Albert blieb einen Augenblick stehen und schaute zuerst zum dunkler werdenden Himmel, dann durchs Hoftor auf den Pfad, der den Hang hinunterführte. Aber nirgendwo war etwas von Emily zu sehen oder zu hören. Albert schüttelte den Kopf und folgte stirnrunzelnd Henry und dem Grafen Alucard.

Emily Hollins trat einen Schritt zurück, verschränkte die Arme und bewunderte ihre Arbeit im gelben Schein der flackernden Kerzen, die sie im Gewölbe verteilt hatte.
»Na bitte!«, sagte sie zu sich. »Immerhin sieht es besser aus als vorher!«
Emily hatte Recht. Der Raum sah jetzt besser aus. Zwar genügte er nicht dem anspruchsvollen Maßstab, den sie für das gemütliche Wohnzimmer zu Hause anlegte; doch wenn man berücksichtigte, dass sie hier in einer unterirdischen Grabkammer festsaß, hatte sie gute Arbeit geleistet! Nachdem die drei Hundchen vom Rand des Loches verschwunden waren, durch das Emily Hollins gefallen war, hatte sie ihre Umgebung untersucht. Obwohl sie fest glaubte, dass die Tiere bald Hilfe bringen würden, sah Emily keinen Grund, inzwischen herumzusitzen und Däumchen zu drehen. Während sie sich so umschaute, konnte sie immer mehr in der Dunkelheit erkennen, und dann hatten sich Emilys Augen vor Überraschung geweitet. Sie war, stellte sie fest, in eine Art unterirdischer Grabstätte gefallen.
Emily sah mindestens ein halbes Dutzend steinerne So-

ckel in dem Gewölbe und auf jedem Sockel stand eine lange schwarze, glänzende Kiste mit verzierten Messinggriffen an den Seiten. Und falls Emily nur einen Augenblick am Inhalt der verdächtigen Kisten gezweifelt hätte, musste sie nicht lange rätseln. Alle Deckel waren hochgestellt und in jeder Kiste lag auf dem roten Polster ein grinsendes Skelett!
Ohne es zu wissen, hatte sie das längst vergessene Grab von Graf Alucards Vorfahren, den Vampiren, entdeckt.
Emily stieß einen kurzen, entsetzten Seufzer aus.
Es waren nicht die Skelette, die sie dazu veranlassten.
Nein, Emily Hollins gehörte nicht zu den Frauen, die sich vor ein paar alten, vertrockneten Knochen fürchteten. Andererseits sah sie sich nicht als kühne Heldin – nicht im Geringsten. Schließlich gab es einiges, was Emily aus der Fassung bringen konnte. Eine langbeinige Spinne im Bad zum Beispiel genügte, dass sie nach Alberts Beistand schrie. Wegen einer Maus, die über den Küchenboden huschte, konnte sie hysterisch kreischen. Doch vor einem harmlosen Skelett, das weder klebrig noch krabblig war, hatte Emily überhaupt keine Angst.
Wenn also die Skelette sie nicht entsetzt hatten, was dann?
Ganz einfach: die jahrzehntealte Anhäufung von Staub und Schmutz!
Emily Hollins war pingelig, wenn es um Reinlichkeit ging. Das blitzsaubere Haus der Hollins' in der Nicholas-Nickleby-Straße in Stapleford war der beste Beweis. Ein Schmutzfleck, und wäre er noch so klein, der sich auf dem hochglanzpolierten Sideboard im Wohnzimmer zu zei-

gen wagte, hatte keine Chance. Emily, mit Staubtuch und Politur bewaffnet, tilgte ihn im Nu aus.

Jetzt musste Emily feststellen, dass diese unterirdische Grabstätte zentimeterdick von Staub und Schmutz bedeckt war. Missbilligend schnalzte sie mit der Zunge. Wenn sie in einer so unhygienischen Umgebung zur letzten Ruhe gebettet werden sollte – wirklich, keine Sekunde lang könnte sie Frieden im Grab finden! Da gab's nur eins: Während sie darauf wartete, dass die treuen Wachhunde Hilfe brachten, würde sie sich die Zeit mit einem kleinen Frühjahrsputz vertreiben – auch wenn es nicht die richtige Jahreszeit dafür war.

Zunächst durchsuchte sie die dunkleren Ecken des Gewölbes und entdeckte in einer Wandnische einen Stapel Kerzen. In ihrer Handtasche fand sie glücklicherweise Streichhölzer und es dauerte nicht lange, da schimmerten Lichtinseln in dem düsteren Raum und machten ihn immerhin so hell, dass sie arbeiten konnte. Zu ihrem Entzücken stieß sie auch auf einen Reisigbesen, der in einer Ecke der Gruft lehnte. Ein großes Taschentuch aus ihrer Handtasche musste als Staubtuch herhalten. Es stimmte, sie hatte keine Putzmittel und keine Politur – aber Emily hatte schon vor Jahren festgestellt, dass gutes, altmodisches Gelenkschmalz solche Produkte ersetzen konnte.

Energisch machte sie sich an die Arbeit; sie musste sich lange und mühsam plagen, aber jetzt zeigte sich der Erfolg ihrer Anstrengungen. Die Bodenplatten glänzten. Der Marmor schimmerte. Die Särge aus dunklem Holz waren vom Staub befreit und ihre Messingbeschläge funkelten im Kerzenlicht. Selbst die stillen Skelette schienen zufriedener zu lächeln.

Und erst jetzt, als sie ihre selbst gestellte Aufgabe vollendet hatte, gestattete sich Emily den kleinen Luxus, auf einem Säulenfuß Platz zu nehmen und Luft zu schöpfen. »Ooh, so ist es besser!«, sagte sie vor sich hin und entspannte sich mit der Befriedigung, die eine anständig erledigte Arbeit verschafft.

Doch ihre Freude sollte nur kurz sein. Als Emily hinaufschaute zu dem Loch, durch das sie hereingekommen war, sah sie zu ihrer Überraschung, dass die Sonne unterging; es wurde Abend. Wie rasch der Tag vergangen war! Am frühen Morgen war sie in die Gruft gefallen. Offenbar hatte sie den ganzen Tag geputzt und war so in ihre Arbeit vertieft gewesen, dass sie gar nicht gemerkt hatte, wie die Zeit verging. »Die Zeit fliegt einfach, wenn man sich gut unterhält«, sagte sie sich.

Doch dann kam ihr ein beunruhigender Gedanke. Warum waren ihre vierbeinigen Freunde nicht schon längst mit jemandem zurückgekommen, wenn sie schon vor so vielen Stunden zum Schloss gelaufen waren? Etwas stimmte nicht. Die Wachhunde hatten sich niemandem verständlich machen können. Es war keine Hilfe unterwegs. Und was war aus Albert und Henry geworden? Musste sie die Nacht in der Gruft verbringen? Es wurde kälter. Sie zog sich die Strickjacke enger um den Hals und fröstelte. Plötzlich fühlte sie sich hilflos, einsam – und ein bisschen ängstlich ...

»Reiß dich zusammen, Emily«, sagte sie streng. »Das

bringt überhaupt nichts! Du musst die Zähne zusammenbeißen, mein Mädchen! Wenn keine Hilfe unterwegs ist – dann musst du dir selber helfen!«
Aber wie? Es gab keine Möglichkeit, das Loch zu erreichen, durch das sie hereingekommen war. In dem unterirdischen Gelass war nichts, worauf sie klettern konnte. Die einzigen beweglichen Gegenstände hier waren die langen schwarzen Särge, und die waren viel zu schwer, als dass Emily sie hätte verschieben können. Ihre Gedanken suchten eine andere Lösung. Gab es vielleicht einen anderen Weg, der hinausführte? Sie war so damit beschäftigt gewesen, sauber zu machen – und war auch so sicher, dass sie gerettet werden würde –, dass sie sich nach einem anderen Ausgang aus der Gruft gar nicht umgesehen hatte.
Na also! Jetzt musste sie damit anfangen!
Emily nahm eine Kerze und untersuchte in ihrem Licht sorgfältig eine Mauer. Doch sie entdeckte keine Öffnung zwischen den dicken Granitblöcken.
Dann kam ihr eine Idee. Am einen Ende der Gruft war eine Nische, in die sie Staub und Dreck gekehrt hatte, ohne sie genauer zu betrachten. Vielleicht war dort eine Tür verborgen?
Rasch ging Emily durch den Raum und spähte hinter der Kerze in den dunklen düsteren Winkel. *Ja!* Da *war* eine Tür: ganz hinten in der Nische und halb verdeckt vom Schmutz, der sich hier in vielen Jahren angesammelt hatte. Emily schob ein paar längst verlassene Spinnweben weg, stellte die Kerze ab und packte mit beiden Händen den ei-

sernen Türring. Sie drehte ihn mühsam und stieß dagegen. Knarrend öffnete sich die Tür.
Der schmale Gang, der vor Emily lag, war pechschwarz. Was mochte am anderen Ende dieses dunklen Tunnels sein? Führte er in die Freiheit oder endete er enttäuschend vor einer weiteren Granitmauer? Es gab nur eine Möglichkeit, das festzustellen.
Emily nahm ihre Kerze. Die Flamme flackerte und beruhigte sich dann, ihr kleiner Lichtschein war tröstlich. Gerade wollte Emily losgehen, da fiel ihr etwas ein, was sie fast vergessen hätte. Sie ging zurück in die Gruft und holte sich, was sie mitnehmen wollte. Dann machte sie sich, die Kerze in der Hand, langsam, aber entschlossen auf den Weg in die Dunkelheit.

> *»Vampire, habt Acht!*
> *Seid auf der Wacht!*
> *Von Bauernhof und Bürgerhaus*
> *kommen wir mit Mann und Maus*
> *und blasen euch das Lichtlein aus.*
> *Vampire am Wald,*
> *wir machen euch kalt!«*

Singend zog die lange Prozession der Bauern und Dörfler wie eine Schnecke durch den Tannenwald. Einige hatten die unterschiedlichsten landwirtschaftlichen Geräte dabei, die alle scharf oder spitz waren. Mit der einen Hand trugen sie die Waffen, mit der anderen schwangen sie brennende Fackeln hoch über ihren Köpfen.

Die Abendschatten wurden schon länger und die Ängstlicheren spähten immer wieder verstohlen ins Unterholz, ob sie Spuren des gefürchteten Wolfsrudels entdecken könnten.

Omal Hummelschraft, der hünenhafte Bauer an der Spitze des Zugs, schaute weder rechts noch links; er führte seine Streitmacht direkt auf die Burg Alucard zu. In der rechten Hand hielt er einen großen Hammer, unter dem linken Arm trug er mehrere zugespitzte Pfähle. Hummelschrafts Stimme, die alle anderen übertönte, leitete den Gesang.

>»*Vampire, hört zu!*
Wir kommen im Nu
von Berg und Tal und Wiesengrund
mit Sensen scharf und Pfählen rund.
Bald schlägt euch eure letzte Stund.
Vampire, euch droht
jetzt der Tod!«

Dicht hinter dem Bauern marschierte Polizeiwachtmeister Alphonse Kropotel, stumm und mit finsterem Gesicht. Er dachte gar nicht daran, in das alte Volkslied einzustimmen.

Erstens war er wütend über die Art, in der Hummelschraft sich zum Anführer der Prozession gemacht hatte. Als die Leute sich auf dem Marktplatz versammelten, hatte Kropotel sich an die Spitze des Zugs gestellt. Kaum waren sie aus dem Dorf heraus und auf der Bergstraße, da hatte ihn der große, bullige Bauer zur Seite gedrängt.

Und zweitens, fand Kropotel, wurde das Ganze einfach lächerlich! Nach dem ursprünglichen Plan, den er selbst den Leuten erklärt hatte, wollten sie die Vampire überraschen. Hummelschraft hatte alles verdorben, als er ihnen sagte, sie sollten Fackeln mitbringen, und jetzt – als ob das alles nicht schon schlimm genug gewesen wäre – brachte er sie auch noch dazu, aus vollem Hals zu singen! Die Vampire überraschen! Von wegen!

Kropotel zog ein finsteres Gesicht, klemmte sein Stöckchen fest unter den Arm, hielt die Heugabel senkrecht in der Hand, straffte das Kinn, streckte die Brust heraus, hielt den Mund geschlossen und marschierte so wacker, wie nur ein Polizist marschieren konnte. Zumindest wollte er seine Uniform mit Würde tragen. Er stapfte nicht plärrend durch die Gegend wie dieser großmäulige Pöbel.

Im Gegensatz zu dem Polizeiwachtmeister sang Bürgermeister Henri Rumboll, so laut er konnte. Er fand, dass es eine gute Idee von Hummelschraft war, sie singend marschieren zu lassen – vor allem im düsteren Tannenwald.

Rumboll packte seine Sense fester und warf nervöse Blicke in das Gebüsch rechts und links. Aber von den wilden, hungrigen Wölfen war nichts zu riechen und nichts zu hören. Der Gesang verscheucht sie, dachte Rumboll – der Gesang und die brennenden Fackeln, die ja auch Hummelschrafts Einfall gewesen waren.

Henri Rumboll fing an seine Meinung über den kräftigen Bauern zu ändern. Omal Hummelschraft war letzten Endes gar nicht so übel. Nicht nur groß und stark, sondern auch klug! Ein Mann, der sich vorzüglich zum Polizeiwachtmeister eignete.

Bürgermeister Rumboll sah Kropotel an, der an seiner Seite schritt. Kropotel hatte die Stirn gerunzelt. Sein Mund war fest geschlossen. Er stolzierte dahin wie ein selbstgefälliger Pfau! Hochnäsiger Idiot! Denkt, er ist was Besseres als wir! Ja, gleich nach der Wahl, sobald er als Bürgermeister für ein weiteres Jahr fest im Amt war, würde Henri Rumboll etwas im Hinblick auf die Stelle des Polizeiwachtmeisters unternehmen!

Alphonse Kropotel warf einen Blick auf den Bürgermeister, der plattfüßig neben ihm ging. Wie ein dickbäuchiges Schwein! Blöder, alter Windbeutel! Glaubt, er kann alle herumkommandieren! Ja, das würde ein großer Tag sein, wenn der eingebildete Dummkopf die nächste Bürgermeisterwahl verlor. Kropotel gestattete sich ein kleines, verstohlenes Lächeln.

»Singt lauter, alle!«, brüllte Hummelschraft. Er drehte sich um, schwang den Hammer über dem Kopf und stimmte einen neuen Vers von *Vampire habt Acht* an.

Der lange Zug der Bauern marschierte mit lautem Gesang weiter über den dicken Teppich aus Tannennadeln, die unter ihren Füßen knirschten, dem Hang zu, über dem die dunkle, geheimnisvolle Burg Alucard vor dem mondhellen Himmel stand.

»Nehmen Sie doch einen Pfirsich«, sagte der Graf und schob seinen Gästen die Obstschale über den Tisch zu. »Sie sind wirklich schön saftig.«

71

Albert und Henry Hollins schüttelten die Köpfe.
Graf Alucard wählte sich einen der saftigsten Pfirsiche. Mit seinen langen, scharfen Zähnen biss er hinein, dass der Saft spritzte und ihm über die bleichen, schlanken Finger rann. »Wie wäre es mit einem Stück Schriwwelkuchen?«, schlug er vor und wies auf einen anderen Teller. »Das ist unser Nationalgericht.«
Albert betrachtete das dunkelbraune Gebäck ohne Begeisterung. »Woraus wird es gemacht?«, fragte er.
»Hauptsächlich aus saurem Rahm, gehackten Mandeln, getrockneten, gemahlenen Feigen und dem Eiweiß von Gänseeiern.«
»Nein, danke.«
»Aber Sie haben beide überhaupt nichts gegessen!«
»Es tut uns Leid, Graf.« Henry stand auf, schob seinen Stuhl zurück und sagte: »Sie müssen uns entschuldigen – verstehen Sie, wir machen uns Sorgen um Mami.«
»Jetzt ist sie den ganzen Tag weg«, sagte Albert und stand ebenfalls auf. »Das sieht ihr überhaupt nicht ähnlich.« Diesen Satz hatte er jetzt seit Stunden immer wieder gesagt.
»Sollten wir nicht ins Dorf fahren?«, fragte Henry.
»Wozu?«, wollte Albert wissen.
»Vielleicht könnten wir einen Suchtrupp organisieren.«
»Im *Dunkeln?*«, fragte Albert zweifelnd.
»Sie könnten Fackeln mitnehmen«, schlug Henry vor.
Albert schüttelte den Kopf. Er hatte keine gute Meinung von den Leuten im Dorf und glaubte nicht, dass sie ihnen helfen würden. »Von denen kannst du nichts erwarten.

Die meisten sind sowieso verrückt – beobachten einen durchs Schlüsselloch!«

Der Graf, der auch nicht viel von den Leuten im Dorf hielt, nickte bestätigend. »Sie würden sie ohnehin nicht dazu bringen, nach Einbruch der Dunkelheit in die Nähe der Burg zu gehen – die Leute fürchten sich davor, wissen Sie.«

Henry blinzelte. Er sah aus dem Fenster. »Im Augenblick, glaube ich, fürchten sie sich nicht davor«, sagte er. »Ein ganzer Haufen kommt direkt darauf zu!«

Graf Alucard sprang von seinem Stuhl auf und eilte ans Fenster.

Der lange Zug wand sich gerade unter den Bäumen hervor und bewegte sich den Hang hinauf. An seiner Spitze war die riesige Gestalt von Omal Hummelschraft deutlich sichtbar, er schwang den Hammer über seinem Kopf und ermunterte seine Anhänger noch lauter zu singen. Hinter ihm funkelten behelfsmäßige Waffen aller Art im flackernden Licht der Fackeln: Sensen, Heugabeln, Sicheln, Rechen, Hacken – gelegentlich sogar ein Bootshaken.

»Was um alles in der Welt!«, stieß Albert hervor; er war zu seinem Sohn ans Fenster getreten. »Schau dir das an! *Hör* dir das an!« Der Abendwind trug die kriegerischen Klänge des Liedes den Hang herauf. »Es klingt, als wollten sie jemandem an den Kragen!«

»Das stimmt«, sagte der Graf leise und traurig. »Ich fürchte, mir.«

»*Ihnen?*« Albert wandte sich um und schaute dem Grafen verblüfft ins Gesicht.

»Ich wollte es dir gestern Abend sagen, aber du hast nicht zugehört«, erklärte Henry. »Alucard heißt, rückwärts gelesen, Dracula – der Graf ist ein Nachfahre des echten Grafen Dracula.«

Albert riss den Mund auf. Er musterte den Grafen von oben bis unten. Er sah das purpurgefütterte Cape, das glatte schwarze, aus der hohen Stirn gekämmte Haar, die blasse Haut, die rot geränderten Augen, die zwei spitzen Zähne, die über die Unterlippe ragten . . . Es war, als ob Albert all das zum allerersten Mal sähe. »Sie sind ein – ein Vampir«, sagte er schließlich. »Nachts verwandeln Sie sich in eine Fledermaus und saugen den Menschen das Blut aus!«

»Nein, nein, das stimmt nicht. Ich verwandle mich in eine Obst fressende Fledermaus. Ich bin absoluter Vegetarier.«

»Es ist wahr, Vati«, sagte Henry. »Graf Alucard ist harmlos.«

»Harmlos! Ha! Ein harmloser Vampir – das ist gut!«, höhnte Albert. »So etwas gibt es gar nicht.«

»Aber es ist wahr, Vati!«, beteuerte Henry.

Albert hörte ihm nicht zu. Seine Stimmung schlug rasch in Schrecken und Wut um, als ihm ein entsetzlicher Gedanke kam. »Ein Vampir! Und wir haben unser Zelt vor der Burg eines Vampirs aufgebaut! Wir müssen verrückt gewesen sein! Wahrhaftig – dass deine Mutter verschwunden ist, hängt möglicherweise . . .« Alberts Stimme brach in einem erstickten Schluchzen ab. Es war zu schrecklich, um es laut auszusprechen – und zu entsetzlich, um es auch nur zu denken.

»Glauben Sie mir, Mr Hollins«, sagte der Graf entschieden, »ich weiß nicht das Geringste über das Verschwinden Ihrer Frau. Ich wünschte nur, ich könnte Ihnen helfen.«

Albert kaute bekümmert an seiner Unterlippe. Er hätte dem Grafen gern geglaubt. Aber er war noch nicht überzeugt. »Wie kann ich wissen, ob das stimmt, was Sie sagen? Und wenn Sie so unschuldig sind, wie Sie behaupten – warum wollen alle diese Leute dort draußen Ihnen an den Kragen?«

Graf Alucard erwiderte Alberts Blick ruhig und mit gelassener Würde. »Weil sie alle Dummköpfe sind«, sagte er.

Albert Hollins sah dem Grafen tief in die Augen und nickte dann langsam. Der Graf hatte Recht. Sie waren alle Dummköpfe. Das wusste er selbst. Er wandte den Blick vom Gesicht des Grafen und schaute hinüber zu dem einsamen Pfirsichkern auf dem Zinnteller.

»Wirklich, das ist ein Ding«, murmelte er. »Eine Obst fressende Vampir-Fledermaus! Was es nicht alles gibt!«

Albert lächelte. Der Graf lächelte. Henry grinste übers ganze Gesicht.

Doch der Augenblick war rasch vorüber. Der Lärm der heranstürmenden Menge wurde lauter und man konnte die blutrünstigen Verse des Volksliedes jetzt schon deutlich durchs Burgfenster verstehen.

»Was machen sie, wenn sie Sie finden?«, fragte Henry.

»Sie durchbohren mein Herz mit einem Pfahl«, sagte der Graf.

»Aber können Sie es ihnen nicht erklären?«, fragte Albert.

»Genau wie Sie mir erklärt haben – ruhig und gelassen –, was Sie wirklich sind?«
»Ruhig und gelassen?«, wiederholte der Graf und lachte leise. »Hören Sie doch! Die würden mich überhaupt nicht zu Wort kommen lassen!«
»Dann rede ich mit ihnen«, sagte Albert. »Ich gehe ihnen zum Burgtor entgegen und erkläre ihnen genau, was los ist.«
Graf Alucard schüttelte langsam und bestimmt den Kopf. »Auch Ihnen würden sie nicht zuhören. Sie würden keinem zuhören – in der Stimmung, in der sie jetzt sind. Nein, sie werden auch Ihre Herzen durchbohren, wenn sie Sie hier bei mir antreffen.«
»Was machen wir denn nur?«, fragte Albert.
Der Graf zuckte die Schultern. »Sie müssen weg, bevor es zu spät ist. Ich halte die Leute im Burghof auf, während Sie fliehen.«
»*Nein!*«, sagte Henry heftig. »Nein! Das dürfen Sie nicht! Das können Sie nicht! Sie werden gefangen – Sie . . .« Er verstummte und aus seinem Augenwinkel quoll eine Träne.
»Das kann ich schon«, sagte der Graf und lächelte traurig. »Und ich muss es auch, fürchte ich. Genau wie Sie fortmüssen – und zwar *jetzt!* Vergiss nicht, Henry, irgendwo dort draußen ist deine Mutter. Ihr müsst sie finden.«
»Er hat Recht, Henry«, sagte Albert.
»Natürlich habe ich Recht«, sagte der Graf. »Also rasch! Bevor es zu spät ist! Folgen Sie mir!«
Er drehte sich um, ging hinaus und lief die schmale Trep-

pe hinunter zu den unteren Stockwerken; sein Cape bauschte sich hinter ihm. Albert und Henry Hollins folgten dem Grafen auf den Fersen. Ihre Schritte hallten auf den abgetretenen Stufen.
Und die ganze Zeit hörten sie den wütenden Lärm der Menge, der immer lauter wurde, je näher sie den Burgmauern kam.

* * *

»Tod den Vampiren!«, brüllte Omal Hummelschraft und schwang den schweren Holzhammer über seinem Kopf. Die Bauern und Dörfler, die sich rasch vor der Burg Alucard sammelten, nahmen den Ruf eifrig auf und hoben ihre Waffen und Fackeln zum Nachthimmel. »Tod den Vampiren!«, wiederholten sie. »Tod *allen* Vampiren!«
»Vernichtet sie!«, rief Eric Horowitz, der Kaufmann, und fuchtelte mit dem langen, scharfen Messer herum, mit dem er sonst seinen Käse schnitt.
»Bohrt ihnen Pfähle in die bösen Herzen!«, schrie die alte Frau und wirbelte ein halb gerupftes Hähnchen an einem Bein durch die Luft.
Im Hintergrund winkte Hans Grubermeyer, der kleine Schuhmacher, mit seinem Schustermesser und versuchte tapfer auszusehen, weil ihm daran lag, dass die anderen eine gute Meinung von ihm hatten. »Belagert die Burg!«, kreischte er. »Belagert die Burg!«
»Brennt sie nieder!«, rief die Menge.
Ein wagemutiger Mann hob einen Stein vom Boden auf

und schleuderte ihn gegen ein Buntglasfenster. Die Scheibe barst und die Scherben fielen klirrend herunter. Die Menge johlte. Doch obwohl das Burgtor offen war, schien sich niemand darum zu reißen, als Erster den Fuß in die Burg zu setzen.

Polizeiwachtmeister Kropotel drängte sich vor. Das ist die Chance, dachte er, diesem großen Bauerntölpel Hummelschraft die Führung wieder abzunehmen. »Freunde!«, rief er und hob seine Heugabel hoch in die Luft. Ihre glänzenden Zacken schimmerten im goldenen Licht der Fackeln. »Mitbürger!«

Die Menge, die darauf wartete, dass jemand den Anfang machte, wurde still.

»Wenn wir die Burg niederbrennen wollen«, fuhr Kropotel fort, »dann brauchen wir Holz – alles, was brennt, damit wir ein Feuer in Gang kriegen.«

»Er hat Recht!«, gab Hummelschraft zu. »Ihr müsst die Gegend nach Brennmaterial absuchen!« Der stämmige Bauer schwang den schweren Hammer drohend über seinem Kopf. »Der Polizeiwachtmeister hält hier mit mir Wache, solange ihr weg seid. Wir werden dafür sorgen, dass die Vampire nicht fliehen!«

Bürgermeister Rumboll schluckte nervös, packte den Sensenstiel fester und trat dann vor zu Hummelschraft und Kropotel. Wenn ihm an allen Stimmen bei der bevorstehenden Wahl lag, dann hatte er jetzt Gelegenheit, Anhänger zu gewinnen. »Und ich, euer Bürgermeister, werde mit ihnen Wache halten!«, verkündete er.

»Also los!«, bellte Hummelschraft. »Verteilt euch und

sucht alles ab! Holt Stöcke, Bretter – alles, was ihr finden könnt!«

Die Menge zerstreute sich, zu zweit und zu dritt suchten die Leute Brennmaterial. Wachtmeister Kropotel, Bürgermeister Rumboll und Hummelschraft, der riesige Bauer, stampften vor dem Burgtor mit den Füßen und schlugen sich die Arme an die Brust, um sich in der kalten Nachtluft warm zu halten.

Im Wagenschuppen spähte Graf Alucard durch eine halb geöffnete Tür auf den leeren Burghof hinaus. »Jetzt haben Sie Ihre Chance!«, drängte er. »Nur drei sind noch da und bewachen das Tor!«

Albert Hollins schaute dem Grafen über die Schulter und schüttelte den Kopf. »Ein Mann und ein Junge gegen drei bewaffnete Männer?«, sagte er. »Das schaffen wir nie!«

»Überlassen Sie das mir«, flüsterte der Graf. »Ich gehe hinaus auf den Hof und lenke sie ab – und wenn sie mir nachlaufen, können Sie durchs Tor schlüpfen.«

Henry sah dem Grafen eindringlich in die Augen und flehte ihn wortlos an sich nicht für sie zu opfern. Doch der Graf hatte sich entschieden. Er öffnete die Schuppentür ein wenig weiter . . .

Aber bevor er hinaus auf den Hof huschen konnte, hielt ihn eine neue Entwicklung zurück. Von irgendwo aus nächster Nähe kam ein gebieterisches Klopfen.

Bumm! . . . Bumm! . . . Bumm! . . . So hörte es sich an.

Henry, Albert und der Graf tauschten erstaunte Blicke.

»Was ist das?«, fragte Albert.

»Ich habe keine Ahnung«, sagte der Graf. »Es scheint direkt unter unseren Füßen zu sein.«
»Glauben Sie, die Bauern haben die Verliese gefunden?«, fragte Henry.
Der Graf schüttelte den Kopf. »Unter der Remise sind keine Verliese«, sagte er. »Da ist gar nichts außer massivem Fels . . .« Wieder begann das Klopfen.
Bumm! . . . Bumm! . . . Bumm!
Sie schauten hinunter auf den Steinboden zu ihren Füßen. Er sah wirklich massiv aus.
»Es sei denn . . .«, sagte der Graf.
»Was?«, fragte Albert.
»Mein Vater pflegte immer zu sagen, diese Burg sei buchstäblich durchlöchert von Geheimgängen und versteckten Kammern. Ich habe mir nie die Mühe gemacht, sie zu suchen.«
Er scharrte mit seinem lacklederbeschuhten Fuß über den Boden. Dann nahm er eine Drahtbürste von einem Haken an der Wand, wo die Geschirre hingen. Er kniete sich hin und bürstete kräftig auf einer Steinplatte herum. »In diesen Stein ist etwas eingelassen!«, sagte er erregt. »Ein Eisenring, mit dem man ihn heben kann – es muss eine Art Falltür sein. Helfen Sie mir!«
Albert und Henry knieten sich neben den Grafen und griffen nach dem verrosteten Ring im Stein. Zu dritt packten sie ihn fest – oder, um genau zu sein, der Graf und Albert packten ihn, während Henry seinen Vater von hinten um den Bauch fasste.
»Ziehen!«, sagte der Graf.

Gemeinsam zogen sie. Zuerst widerstand der Stein ihren Anstrengungen. Er ließ sich nicht bewegen. Dann verschob sich die Platte ein wenig im Schmutz vieler Jahre, und schließlich ließ sie sich mit einem Ruck, der die drei fast umwarf, heben.

Unter der Steinplatte führten feuchte Stufen zu einem Gang hinunter. Auf der schmalen Treppe stand eine Gestalt mit staubbedecktem Gesicht und Spinnweben in den Haaren.

»Emily!«, stieß Albert hervor. »Was um alles in der Welt tust du denn da unten?«

»Hallo, Albert! Hallo, Henry!« Emily strahlte übers ganze schmutzige Gesicht und stieg die Treppen hoch in den Wagenschuppen. Unter einem Arm trug sie ein Bündel. »Gott sei Dank, dass ich euch zwei gefunden habe! Ich weiß nicht, wie lange ich mich durch diesen Gang getastet habe – seit die Kerze ausgegangen ist. Und dann habe ich mit meiner Handtasche auf die Stufen geklopft – na ja, ich hatte ja keine Ahnung, wer kommen würde. Besonders nachdem ich den ganzen Tag mit diesen Skeletten verbracht habe!«

»Skelette?«, warf der Graf ein. »Verzeihen Sie, wenn ich Sie unterbreche, aber haben Sie ›Skelette‹ gesagt?«

Emily drehte sich um und bemerkte jetzt erst den Grafen. Sie lächelte kokett, zog ihre Strickjacke glatt und strich sich übers Haar. »Sie müssen Graf Alucard sein«, sagte sie leicht verlegen, »und ich bin ganz staubig und schmutzig, was müssen Sie bloß von mir denken?« Dann sagte sie spitz zu Albert: »Und wo sind deine guten Manieren – willst du mich nicht mit dem Grafen bekannt machen?«

»Wir haben jetzt keine Zeit für lange Vorstellungen, Emily«, erklärte ihr Mann. Er deutete durch den Türspalt hinaus. Die Bauern kamen schon mit Feuerholz beladen zurück. »Wir werden belagert, Schatz«, sagte er.

»Du meine Güte!«, sagte Emily. »Da bin ich ja vom Regen in die Traufe gekommen!«

»Bitte, liebe gnädige Frau«, sagte der Graf, »fahren Sie fort mit dem, was Sie über die Skelette sagen wollten.«

Emily erzählte rasch von ihren unterirdischen Erlebnissen. Sie berichtete, wie sie in die Grabkammer gefallen war und dann den Gang entdeckte, der sie nach vielen Biegungen und Windungen zu der Stelle geführt hatte, an der sie befreit wurde.

Graf Alucard hörte gespannt zu. Jetzt nickte er. »Meine liebe Mrs Hollins, ich glaube tatsächlich, dass Sie unabsichtlich in die lange vermisste Gruft der Draculas gestolpert sind!«

»Draculas?«, stieß Emily hervor.

»Graf Alucard ist ein Nachkomme von Graf Dracula«, erklärte Henry und fügte schnell hinzu: »Aber du brauchst keine Angst zu haben, Mami – *er* ist kein Blut saugender Vampir – höchstens ein Obst essender.«

Emily seufzte erleichtert. »Dank sei Gott für kleine Gnaden!«

»Dank sei Gott auch für dich, Emily«, sagte Albert. »Ich glaube nämlich, du bist gerade noch rechtzeitig gekommen, um unsere Haut zu retten!«

»Wie meinst du das, Albert?«, fragte Emily, stolz auf das Kompliment.
»Aber Schatz – dein Geheimgang natürlich! Durch den können wir alle fliehen und uns am anderen Ende gegenseitig heraushelfen!«
»Was für ein guter Einfall, Vati!«, sagte Henry und wandte sich an den Grafen: »Und Sie können auch mitkommen! Jetzt können wir alle fliehen.«
»Wir sollten uns nur beeilen.« Albert deutete zur Tür. Jenseits des Hofs schichteten die Bauern das Holz, das sie gesammelt hatten, zu einem Scheiterhaufen auf. »Los, Emily«, drängte Albert und schob sie zur Falltür. »Du auch, Henry – Frauen und Kinder voraus!«
Doch bevor Emily den Fuß auf die Steintreppe zum Gang setzen konnte, hielt Graf Alucard sie zurück. »Ehe wir gehen, Mrs Hollins – darf ich Ihnen eine Frage stellen?«
»Aber natürlich, Graf.« Emily lächelte geschmeichelt. »Fragen Sie nur!«
»Könnten Sie mir sagen, wo Sie die Gegenstände gefunden haben, die Sie unterm Arm tragen?«
Emily schaute an sich hinunter. Vor lauter Freude darüber, wieder mit Mann und Sohn vereint zu sein, hatte Emily ganz vergessen, was sie aus dem unterirdischen Gelass mitgebracht hatte. »Das da?«, fragte sie. »Das sind nur ein paar Stöcke, die ich beim Aufräumen im Grab gefunden habe. Ich dachte, wir könnten sie als Zeltheringe verwenden.« Sie wandte sich an Albert. »Du weißt doch, dass du sie immer verlierst. Wir können nie genug davon haben.«

83

Der Graf fragte weiter: »Aber wo im Grab sind sie gewesen, Mrs Hollins? Bei den Skeletten in den Särgen?«
Emily nickte. »Ja, Graf! Woher wissen Sie das? Und direkt zwischen den Knochen haben sie gesteckt. Es hat so unangenehm ausgesehen, dass ich sie dort nicht lassen wollte. Ich meine, wie würde es Ihnen gefallen, wenn jemand in Ihrem Gerippe ein Stück Holz stecken ließe?«
Der Graf antwortete nicht, aber man sah ihm an, dass ihn etwas beunruhigte.
»Was ist?«, fragte Emily. »Habe ich etwas Unrechtes getan?«
Die langen Finger des Grafen spielten ruhelos mit dem Verschluss an seinem Cape. »Ich fürchte, gnädige Frau, Sie haben die Pfähle entfernt, die so viele Jahre in den Herzen meiner Vorfahren begraben waren.«
Albert schluckte. »Bedeutet das, sie werden wieder lebendig?«
»Ich fürchte, ja . . .«

Aus dem Englischen von Irmela Brender

Bram Stoker

Draculas Gast

Als wir zu unserer Fahrt aufbrachen, schien die Sonne hell über München und der Frühsommer lag in der Luft. Bevor wir abfuhren, kam Herr Delbrück (der Maître d'hôtel der *Vier Jahreszeiten,* in dem ich abgestiegen war) barhäuptig an die Kutsche und sagte, nachdem er mir eine angenehme Ausfahrt gewünscht hatte, zu meinem Kutscher, indem er weiter den Türgriff festhielt:
»Denk daran, dass ihr bei Einbruch der Dunkelheit zurück sein müsst. Der Himmel ist noch klar, aber der frische Nordwind kann einen plötzlichen Sturm bringen.«
Dann fügte er lächelnd hinzu: »Aber ich bin davon überzeugt, dass du dich nicht verspäten wirst, denn du weißt, welche Nacht wir heute haben.«
Johann antwortete nachdrücklich: »Ja, Herr«, berührte seinen Hut und fuhr rasch an.
Als die Stadt hinter uns lag, fragte ich ihn, nachdem ich hatte halten lassen: »Johann, welche Nacht ist heute?«
Er bekreuzigte sich, während er lakonisch erwiderte: »Walpurgisnacht.« Dann zog er seine Uhr, eine große, altmodische silberne Zwiebel, und warf einen Blick darauf, wobei er die Augenbrauen zusammenzog und leicht mit den Schultern zuckte.
Ich erkannte, dass er auf diese Weise respektvoll gegen die

unnötige Verzögerung protestieren wollte, und ließ mich in die Polster zurücksinken, nachdem ich das Zeichen zur Weiterfahrt gegeben hatte. Er fuhr schnell, als müsse er verlorene Zeit einholen. Die Pferde schienen hin und wieder ihre Köpfe aufzuwerfen und misstrauisch die Luft einzusaugen. Bei diesen Gelegenheiten sah ich mich oft besorgt um. Die Straße war ziemlich eintönig, denn wir überquerten eine Art Hochebene, über die der Wind hinwegpfiff.

Als wir so fuhren, sah ich eine offenbar wenig benützte Straße, die sich durch ein kleines Tal schlängelte. Sie wirkte so einladend, dass ich Johann halten ließ, obwohl ich ihn vielleicht dadurch beleidigte – und als wir standen, erklärte ich ihm, er solle jener Straße folgen.

Er gebrauchte alle möglichen Ausflüchte und bekreuzigte sich dabei mehrmals. Dies erregte meine Neugier und ich stellte ihm einige Fragen. Er antwortete ausweichend und sah, wiederholt protestierend, auf seine Uhr.

Schließlich sagte ich: »Nun gut, Johann, ich möchte dieser Straße folgen. Du brauchst mich nicht zu begleiten, wenn du keine Lust hast; ich möchte aber wissen, weshalb du nicht mitkommen willst – mehr verlange ich nicht.«

Anstatt zu antworten, schien er sich vom Bock zu werfen, so schnell erreichte er den Boden. Dann streckte er die Hände flehend nach mir aus und bat mich eindringlich nicht zu gehen. Sein Deutsch enthielt gerade genügend englische Brocken, sodass ich ungefähr verstand, was er sagen wollte. Er schien im Begriff zu sein, mir irgendetwas zu erklären, das ihn offenbar erschreckte; dann

brachte er es jedoch nicht heraus, sondern bekreuzigte sich stattdessen und sagte: »Walpurgisnacht!«
Ich versuchte mit ihm zu diskutieren, aber es ist schwer, einen Menschen zu überreden, dessen Sprache man nicht beherrscht. Der Vorteil war entschieden auf seiner Seite, denn obwohl er unbeholfen und gebrochen Englisch sprach, verfiel er wieder in seine Muttersprache, wenn er aufgeregt war – und dabei sah er jedes Mal wieder auf seine Uhr.
Dann wurden die Pferde unruhig und begannen zu schnauben. Johann war plötzlich kreidebleich, sah sich ängstlich um, lief dann nach vorn, ergriff die Zügel und führte die Pferde fünf oder sechs Meter weiter. Ich folgte ihm und erkundigte mich, warum er das getan habe. Er bekreuzigte sich, wies auf die Stelle, an der die Kutsche eben noch gestanden hatte, zeigte auf ein Kreuz am Weg und sagte zuerst auf Deutsch, dann auf Englisch: »Ihn begraben – was sich selbst getötet haben.«
Ich erinnerte mich an den alten Brauch, Selbstmörder an Wegkreuzungen einzuscharren. »Ah! Jetzt verstehe ich – ein Selbstmörder! Wie interessant!« Aber ich konnte nicht begreifen, weshalb die Pferde so erschrocken waren. Während wir sprachen, hörten wir einen Laut, der wie eine Mischung zwischen einem Jaulen und einem Bellen klang. Er kam aus weiter Ferne; aber die Pferde wurden sehr unruhig und Johann hatte große Mühe, sie wieder zu beruhigen. Er war blass und sagte: »Das klingt wie ein Wolf – aber trotzdem gibt es jetzt keine Wölfe hier.«
»Nein?«, fragte ich. »Ist es nicht lange her, dass es in der Nähe der Stadt Wölfe gegeben hat?«

»Im Frühling und Sommer gibt es schon sehr lange keine mehr«, antwortete Johann, »aber mit dem Schnee sind sie noch vor wenigen Jahren gekommen.«

Während er die Pferde auf den Hals klopfte und sie zu beruhigen versuchte, zogen dunkle Wolken am Himmel auf. Der helle Sonnenschein verschwand plötzlich und wir erzitterten unter einem kalten Windstoß. Das war jedoch nur eine Art Warnung gewesen, denn die Sonne trat wieder hinter den Wolken hervor.

Johann legte eine Hand über die Augen, beobachtete den Horizont und sagte in seinem Englisch: »Der Sturm von Schnee, er kommt bald.« Dann sah er wieder auf seine Uhr, hielt aber weiter die Zügel fest – die Pferde scharrten und schnaubten noch immer – und kletterte auf den Bock, als sei jetzt die Zeit gekommen, unsere Fahrt fortzusetzen.

Ich blieb hartnäckig und stieg nicht sofort ein. »Sag mir, was du von diesem Ort weißt«, verlangte ich und deutete die Straße entlang ins Tal.

Er bekreuzigte sich wieder und murmelte ein kurzes Gebet, bevor er antwortete: »Dort ist etwas verwunschen.«

»Was ist verwunschen?«, fragte ich.

»Das Dorf.«

»Dort liegt ein Dorf?«

»Nein, nein. Seit hunderten von Jahren lebt dort keiner mehr.«

Meine Neugier wurde stärker. »Aber du hast von einem Dorf gesprochen...«

»Es hat eines gegeben.«

»Was ist daraus geworden?«
Johann erzählte eine lange Geschichte in einer Mischung aus Deutsch und Englisch; ich verstand nicht alles, begriff aber, dass dort vor langer Zeit – vor einigen Jahrhunderten – Menschen gestorben und ins Grab gelegt worden waren; später hatte man Geräusche unter der Erde wahrgenommen, und als die Gräber geöffnet wurden, lagen Männer und Frauen mit rosiger Haut und blutigen Mündern darin.
Um ihr Leben zu retten (und auch ihre Seelen) – hier bekreuzigte Johann sich –, flohen die Überlebenden zu anderen Orten, wo die Lebenden lebendig und die Toten tot anstatt ... anstatt etwas anderes waren. Johann fürchtete sich offenbar davor, deutlicher zu werden. Seine Erregung nahm zu, während er diese Geschichte erzählte, und seine Phantasie schien mit ihm durchzugehen; jedenfalls war er schließlich kreidebleich, hatte Schweißperlen auf der Stirn, zitterte am ganzen Leib und sah sich ängstlich um, als erwarte er irgendeine schreckliche Erscheinung hier in der Sonne auf dem weiten Plateau. Endlich rief er ganz verzweifelt »Walpurgisnacht!« und deutete auf den Wagen, in den ich offenbar steigen sollte.
Das brachte mein englisches Blut in Wallung; ich trat zurück und sagte: »Du hast Angst, Johann – du hast Angst. Fahr nach Hause; ich gehe allein zurück; der Spaziergang tut mir bestimmt gut.« Der Schlag stand offen; ich nahm meinen Spazierstock aus Eichenholz, den ich bei Ausflügen stets mitnehme, vom Sitz, schloss die Tür, wies mit dem Stock in Richtung München und sagte: »Fahr nach

Hause, Johann – die Walpurgisnacht betrifft einen Engländer nicht.«
Die Pferde waren nun unruhiger als je zuvor und Johann konnte sie nur mühsam bändigen, während er mich aufgeregt bat nichts Unüberlegtes zu tun.
Eigentlich tat mir der arme Kerl Leid, weil er es so ernst meinte; ich musste jedoch trotzdem lachen, denn seine Englischkenntnisse schienen verflogen zu sein. In seiner Angst hatte er vergessen, dass er meine Sprache sprechen musste, um sich verständlich zu machen, und plapperte auf Deutsch weiter. Das wurde nach einiger Zeit langweilig.
Ich wiederholte den Befehl »Nach Hause!« und wandte mich ab, um ins Tal hinabzugehen.
Johann fuhr mit einer bedauernden Geste in Richtung München davon. Ich lehnte mich auf meinen Spazierstock und sah ihm nach. Er ließ die Pferde einige Zeit im Schritt gehen; dann erschien ein großer und hagerer Mann über dem Hügel. Mehr konnte ich aus der Ferne nicht unterscheiden. Als der Fremde sich den Pferden näherte, scheuten sie plötzlich wiehernd; Johann konnte sie nicht zurückhalten, als sie die Straße entlangrasten. Ich sah ihnen nach, bis sie außer Sicht waren, und hielt dann nach dem Unbekannten Ausschau, der jedoch ebenfalls verschwunden war.
Ich schritt leichten Herzens die Nebenstraße in das hübsche Tal hinab, das Johann nicht hatte betreten wollen. Ein Grund für diese Abneigung war nicht zu erkennen und ich marschierte einige Stunden lang, ohne an die Zeit

und die Entfernung zu denken, und sah dabei weder Menschen noch Häuser. In dieser Beziehung war das ganze Tal offenbar die Verlassenheit selbst. Dies kam mir jedoch erst zu Bewusstsein, als ich nach einer Biegung auf ein lichtes Gehölz stieß; hier fiel mir erstmals auf, wie verlassen meine Umgebung wirkte.

Ich setzte mich zu einer kurzen Rast und sah mich um. Dann merkte ich, dass es inzwischen erheblich kälter geworden war – und um mich herum wurde von Zeit zu Zeit ein gedehntes Seufzen laut, dem hoch über mir eine Art gedämpfter Donner folgte. Ich hob den Kopf und stellte fest, dass dunkle Wolken in großer Höhe von Norden nach Süden trieben; sie zeigten offensichtlich das Nahen eines Sturmes an. Mir war kalt, und da ich glaubte, dass Bewegung mich am besten erwärmen würde, setzte ich meine Wanderung fort.

Die Gegend wurde nun immer malerischer und ich war so bezaubert, dass ich kaum auf die Zeit achtete. Erst als die Dämmerung herabsank, begann ich zu überlegen, wie ich wieder nach Hause finden sollte. Die Tageshelle war verschwunden. Die Luft war kalt und die Wolken am Himmel zogen rascher dahin. Gelegentlich ertönte ein weit entferntes Brausen und der klagende Schrei, den mein Kutscher einem Wolf zugeschrieben hatte.

Ich zögerte unentschlossen. Aber ich hatte gesagt, ich wollte das verlassene Dorf besichtigen, deshalb ging ich weiter und erreichte wenig später eine weite Senke zwischen den Hügeln. Die Abhänge waren mit Wald bedeckt, dessen Ausläufer bis auf den Talboden reichten. Ich folgte den Windungen der Straße mit den Augen und stellte fest, dass sie in einem dichten Waldstück untertauchte und nicht wieder zum Vorschein kam, weil die Bäume mir die Sicht nahmen.

Plötzlich berührte mich ein eisiger Luftzug und es begann, zu schneien. Ich dachte an die weite Entfernung, die ich in dieser einsamen Gegend zurückgelegt hatte, und eilte dann weiter, um im Wald Schutz zu suchen. Der Himmel wurde dunkler und dunkler und der Schnee fiel dichter und dichter, bis die Erde schließlich in allen Richtungen mit einem weißen Teppich bedeckt war, dessen Ränder im nebligen Ungewissen verschwanden. Die Straße war hier kaum befestigt und auf ebenen Strecken weniger gut markiert; nach einiger Zeit stellte ich fest, dass ich sie verlassen haben musste, denn ich hatte keinen harten Boden mehr unter den Füßen, sondern sank tief in Gras und Moos ein. Dann wurde der Wind stärker und blies immer heftiger, bis ich schließlich vor ihm herlaufen musste. Die Luft war jetzt eisig kalt und ich litt unter der Kälte, obwohl ich mich bewegte. Der Schnee fiel nun dicht und wurde mir ins Gesicht getrieben, sodass ich kaum die Augen offen halten konnte. Hin und wieder riss ein gewaltiger Blitz die Wolken auf und ich erkannte im Lichtschein vor mir eine größere Anzahl Bäume, meist Eschen und Birken, deren Zweige sich unter einer Schneeschicht bogen.

Ich befand mich bald im Schutz der Bäume, wo es verhältnismäßig still war, und hörte dort den starken Wind umso besser. Unterdessen war die Nacht herabgesunken und hatte den sturmdunklen Himmel noch

schwärzer gemacht; der Wind schien jetzt jedoch allmählich einzuschlafen: Er kam jetzt nur noch in vereinzelten heftigen Stößen. In diesen Augenblicken schien das unheimliche Wolfsgeheul in unmittelbarer Nähe aus zahlreichen Kehlen angestimmt und wiederholt zu werden.
Gelegentlich schien der Mond durch die schwarzen Wolken, beleuchtete meine Umgebung und zeigte mir, dass ich mich am Rand eines dichten Gehölzes befand. Da es nicht mehr schneite, wagte ich mich aus meinem Unterschlupf hervor und begann mich umzusehen. Da ich so viele alte Fundamente bemerkt hatte, hoffte ich durch einen glücklichen Zufall irgendwo ein erhalten gebliebenes Haus zu finden, das mir Schutz bieten konnte. Als ich dem Rand des Gehölzes folgte, stellte ich fest, dass es von einer niedrigen Mauer umgeben war; ich ging der Mauer entlang weiter und kam bald zu einer Öffnung. Hier bildeten die Birken eine Allee, die zu einem quadratischen Gebäude führte. Ich war eben darauf aufmerksam geworden, als die Wolken wieder den Mond verdeckten, sodass ich meinen Weg in der Dunkelheit fortsetzte. Der Wind musste kälter geworden sein, denn ich zitterte heftig; aber die Aussicht auf Schutz vor Wind und Wetter trieb mich blindlings weiter.
Ich blieb stehen, denn um mich herum war es unvermutet still geworden. Der Sturm war verflogen und mein Herz schien – vielleicht aus Ehrfurcht vor dem Schweigen der Natur – nicht mehr zu schlagen. Aber dies dauerte nur einen Augenblick lang; plötzlich tauchte der Mond wieder hinter den Wolken auf und zeigte mir, dass ich mich auf

einem Friedhof befand – und dass das quadratische Gebäude vor mir eine große Marmorgruft war, deren Steine so weiß wie der Schnee zu sein schienen. Mit dem Licht kam auch ein neues Brausen des Windes, als lebe der Sturm mit einem lang gezogenen Heulen wie von vielen Hunden oder Wölfen erneut auf. Ich war ängstlich und erschrocken und spürte die Kälte immer strenger werden, bis sie endlich sogar nach meinem Herzen griff. Ich konnte der Faszination nicht widerstehen und näherte mich dem Grabmal, um festzustellen, was es darstellte und weshalb es hier so allein stand.
Über dem dorischen Portal stand auf Deutsch:

GRÄFIN DOLINGEN
AUS GRAZ, STEIERMARK –
TOT AUFGEFUNDEN
1801

Über dem Grabmal, das aus wenigen großen Steinblöcken errichtet war, erkannte ich einen langen Stab oder Pfahl aus Eisen, der in den Marmor eingelassen war. Auf der Rückseite der Gruft las ich in kyrillischer Schrift:

DIE TOTEN REITEN SCHNELL.

Das alles war so seltsam und unheimlich, dass mir die Knie zitterten. Ich wünschte mir zum ersten Mal, ich wäre Johanns Rat gefolgt. Dann fiel mir etwas ein, das mein Entsetzen noch vergrößerte. Heute war Walpurgisnacht!

Walpurgisnacht, in der nach der Überzeugung von Millionen der Teufel unterwegs ist – in der sich die Gräber öffnen, sodass die Toten übers Land schweifen können. Die eine Nacht des Jahres, in der sich alle bösen Geister aus Erde, Wasser und Luft versammeln. Und dies war das Dorf, vor dem Johann mich so eindringlich gewarnt hatte; dies war der Ort, dessen Bewohner vor Jahrhunderten die Flucht ergriffen hatten. Hier war ich allein – entnervt, vor Kälte zitternd, unter einem Leichentuch aus Schnee dem kommenden Sturm hilflos ausgeliefert! Ich musste allen meinen Mut zusammennehmen, um nicht in einem Anfall unvorstellbaren Entsetzens zu Boden zu sinken. Und nun brach der Sturm erst richtig los. Die Erde erzitterte, als galoppierten tausende von Pferden darüber hinweg, und diesmal brachte der Sturm auf seinen eisigen Schwingen nicht Schnee, sondern große Hagelkörner mit, die Laub und Zweige zerfetzten und niederbogen, sodass die Birken nicht viel mehr Schutz als Getreidehalme boten. Ich hatte mich zunächst unter einen Baum geflüchtet, musste ihn aber bald verlassen und den einzigen Platz aufsuchen, der noch Schutz zu bieten schien: das tiefe Marmorportal der Gruft. Dort kauerte ich mich an der massiven Bronzetür zusammen und war einigermaßen vor den Hagelkörnern geschützt, die mich nur trafen, wenn sie vom Boden oder von der Mauer abprallten.
Als ich mich gegen die Tür lehnte, bewegte sie sich leicht und schwang nach innen auf. Angesichts des erbarmungslosen Sturmes war mir selbst eine Gruft als Unterschlupf willkommen und ich wollte sie schon betreten, als ein

breitfächriger Blitz den gesamten Himmel erhellte. In diesem Augenblick sah ich in der Dunkelheit der Gruft eine schöne Frau mit vollen Wangen und roten Lippen, die scheinbar auf dem Katafalk schlief. Als der Donner dem Blitz folgte, wurde ich von einer gigantischen Hand erfasst und in den Sturm hinausgeschleudert. Alles geschah so plötzlich, dass die Hagelkörner wieder auf mich herabtrommelten, bevor mich das Entsetzen richtig packte. Gleichzeitig hatte ich das unangenehme Gefühl, dass ich nicht allein war. Ich sah zur Gruft hinüber. In diesem Augenblick folgte ein weiterer greller Blitz, der in den Eisenstab über der Gruft fuhr, von dort als gleißender Feuerstrahl auf die Erde übersprang und die Marmorblöcke zersplitterte. Die Tote erhob sich einen Augenblick lang, während die Flamme sie verzehrte, und ihr entsetzter Schmerzensschrei ging im Donner unter. Mehr hörte ich nicht, denn ich wurde aufs Neue von der riesigen Hand erfasst und fortgeschleudert, während die Hagelkörner auf mich einschlugen und die Luft von Wolfsgeheul zu erzittern schien. Der letzte Anblick, an den ich mich noch erinnern konnte, war eine vage weiße, bewegliche Masse, als hätten alle umliegenden Gräber die Geister ihrer Toten entsandt, die mich jetzt im Sturm von allen Seiten umzingelten.

Allmählich schien mein Bewusstsein zurückzukehren; dann folgte eine unendliche, erschreckende Müdigkeit. Zunächst erinnerte ich mich an nichts, aber die Erinnerung stellte sich schrittweise ein. Meine Beine schmerzten heftig; ich konnte sie jedoch nicht bewegen. Sie schienen wie gelähmt. Hals und Rückgrat waren eisig kalt und meine Ohren waren, wie die Beine, pelzig und sie schmerzten ebenfalls. Aber in meiner Brust spürte ich eine Wärme, die im Vergleich dazu köstlich war. Alles das war ein Alptraum – ein physischer Alptraum, wenn dieser Ausdruck statthaft ist; irgendein schweres Gewicht auf meiner Brust ließ mich kaum zu Atem kommen.

Dieser halb bewusstlose Zustand dauerte lange an, und als er endete, muss ich geschlafen haben oder ohnmächtig geworden sein. Dann folgte ein heftiger Abscheu, dem ersten Stadium der Seekrankheit ähnlich, und das wilde Verlangen, von irgendetwas frei zu sein – ich wusste nicht, wovon. Ein großes Schweigen hüllte mich ein, als sei alle Welt in Schlaf versunken oder tot; ich hörte nur undeutlich ein leises Hecheln, als sei ein Tier in meiner Nähe.

Dann spürte ich etwas Raues, Warmes an meiner Kehle und erkannte zu meinem unbeschreiblichen Entsetzen die schreckliche Wahrheit, die mir fast das Blut in den Adern gefrieren ließ; irgendein großes, schweres Tier lag auf mir und leckte jetzt meine Kehle. Ich wagte keine Bewegung, denn mein Instinkt riet mir davon ab; die Bestie schien jedoch eine Veränderung in mir wahrgenommen zu haben und hob den Kopf. Durch die Wimpern sah ich über mir die großen, flammenden Augen eines Wolfs. Seine scharfen Reißzähne blitzten weiß zwischen den roten Lefzen und ich spürte seinen heißen Atem auf meinem Gesicht.

Was dann geschah, weiß ich nicht mehr, aber als ich wieder zu Bewusstsein kam, hörte ich ein tiefes Knurren, dem ein

lang gezogenes Heulen folgte; dies wiederholte sich mehrmals. Schließlich glaubte ich in weiter Ferne einige Stimmen zu hören, die gemeinsam »Hallo! Hallo!« riefen. Ich wandte vorsichtig den Kopf und sah in die Richtung, aus der das Geräusch kam, aber das Grabmal nahm mir die Sicht. Der Wolf heulte weiterhin seltsam und zwischen den Bäumen bewegte sich ein rötlicher Lichtschein, als folge er dem Geräusch. Als die Stimmen näher kamen, heulte der Wolf noch lauter. Ich wagte nicht mich zu bewegen oder zu rufen. Der Lichtschein kam noch näher – dann kamen plötzlich einige Reiter mit Fackeln in den Händen im Trab zwischen den Bäumen hervor. Der Wolf sprang auf und hetzte durch den Friedhof davon. Ich beobachtete, wie einer der Reiter (Soldaten, nach ihren Mützen und langen Militärmänteln zu urteilen) seinen Karabiner hob und zielte. Der Nebenmann schlug ihm den Arm hoch und ich hörte die Kugel über meinen Kopf hinwegzischen. Er hatte mich offenbar für den Wolf gehalten. Ein anderer sah das Tier zwischen den Bäumen verschwinden und schoss danach. Dann ritt der Trupp weiter – einige kamen auf mich zu, die anderen folgten dem Wolf.
Als sie näher kamen, versuchte ich mich zu bewegen, war jedoch völlig entkräftet, obwohl ich alles sah und hörte, was um mich herum vorging. Zwei oder drei Soldaten sprangen von ihren Pferden und knieten neben mir im Schnee nieder. Einer von ihnen hob meinen Kopf und legte eine Hand auf mein Herz.
»Gott sei Dank, Kameraden!«, rief er. »Sein Herz schlägt noch!«

Dann setzte mir jemand eine Cognacflasche an den Mund; der Alkohol erweckte meine Lebensgeister und ich konnte meine Augen ganz öffnen und mich umsehen. Licht und Schatten bewegten sich zwischen schneebedeckten Bäumen und ich hörte laute Männerstimmen. Weitere Fackeln leuchteten auf, als die anderen hastig und wie besessen aus dem Friedhof zurückliefen, wohin sie den Wolf verfolgt hatten. Die Soldaten in meiner Nähe fragten gespannt: »Nun, habt ihr ihn erlegt?«

»Nein! Nein! Kommt, wir müssen fort – schnell! Hier ist es nicht geheuer und ausgerechnet in dieser Nacht!«

»Was habt ihr gesehen?«, fragten sie wie aus einem Mund. Die Antworten waren so unbestimmt, als wollten die Männer gern sprechen und fürchteten sich doch davor, ihren Gedanken Ausdruck zu geben.

»Es . . . er . . . selbst!«, stotterte einer in offenkundiger Geistesverwirrung.

»Ein Wolf – und doch kein Wolf!«, warf ein anderer zitternd ein.

»Dergleichen ist nur mit geweihten Kugeln beizukommen«, stellte ein dritter ruhig fest.

»Das geschieht uns ganz recht, weil wir in dieser Nacht unterwegs sind! Aber die tausend Mark haben wir uns redlich verdient!«, meinte der vierte Soldat.

»Die zersplitterten Marmorblöcke sind blutbespritzt«, murmelte einer nach längerer Pause, »aber daran kann nicht der Blitz schuld sein. Und er . . . ist er in Sicherheit? Seht euch nur seine Kehle an! Seht, Kameraden, der Wolf hat auf ihm gelegen und sein Blut warm gehalten.«

Der junge Offizier, der den Trupp führte, untersuchte meine Kehle und sagte: »Er ist nicht in Gefahr, die Haut ist unverletzt. Aber was hat das alles zu bedeuten? Hätte der Wolf nicht geheult, hätten wir ihn nie gefunden.«

»Was ist aus ihm geworden?«, fragte der Mann, der meinen Kopf stützte; er schien am wenigsten ängstlich zu sein, denn seine Hände zitterten nicht. An seiner Uniform erkannte ich, dass es ein Unteroffizier war.

»Er ist in sein Versteck zurückgekehrt«, antwortete ein Mann, dessen langes Gesicht vor Schrecken bleich war und der sich öfters furchtsam umsah. »Hier gibt es genügend Gräber, in denen er liegen kann. Kommt, Kameraden – kommt rasch! Verlassen wir diesen schrecklichen Ort!«

Der Offizier erteilte einige knappe Befehle; ich wurde, von kräftigen Händen gestützt, auf ein Pferd gehoben. Er nahm hinter mir Platz, legte einen Arm um mich und ritt seinen Leuten voraus durch den Friedhof davon.

Meine Zunge versagte mir noch immer den Dienst und ich schwieg deshalb weiterhin unfreiwillig. Ich muss eingeschlafen sein, denn meine Erinnerung setzte erst wieder in dem Augenblick ein, in dem zwei Soldaten mich links und rechts stützten, sodass ich stehen konnte. Es war fast Tag und im Osten zeichnete sich ein blutroter Streifen am Himmel ab. Der Offizier wies eben die Leute an nichts von dem zu erzählen, was sie gesehen hatten, sondern nur zu sagen, sie hätten einen Engländer gefunden, den ein großer Hund bewachte.

»Hund! Das war kein Hund«, warf der Mann ein, der solche Angst gezeigt hatte. »Ich erkenne doch einen Wolf, wenn ich ihn vor mir habe!«

»Ich habe Hund gesagt«, wiederholte der junge Offizier gelassen.

»Hund!«, sagte der andere ironisch. Sein Mut schien mit zunehmendem Tageslicht zu wachsen und er deutete auf mich, während er hinzufügte: »Seht euch seine Kehle an. Ist das etwa das Werk eines Hundes?«

Ich hob instinktiv eine Hand an die Kehle, und als ich sie berührte, stieß ich einen Schmerzensschrei aus. Die Männer drängten heran, um besser sehen zu können; einige beugten sich weit aus dem Sattel. Dann kam wieder die ruhige Stimme des jungen Offiziers: »Ein Hund, habe ich gesagt. Wenn wir etwas anderes behaupten, werden wir ausgelacht!«

Ich saß nun hinter einem Soldaten auf und wir ritten weiter in die Münchner Vorstädte hinein. Dort begegnete uns bald eine leere Pferdedroschke; ich wurde hineingehoben und ins *Vier Jahreszeiten* gefahren. Der junge Offizier begleitete mich und ließ einen der Männer sein Pferd nachführen, während die anderen in ihre Kaserne zurückritten.

Als wir ankamen, eilte Herr Delbrück so hastig die Stufen hinab, um mich zu empfangen, dass wir vermuteten, er müsse die Straße beobachtet haben. Er nahm meinen Arm und führte mich behutsam hinein. Der Offizier salutierte und wollte sich zurückziehen, aber ich bestand darauf, dass er mich in mein Zimmer begleitete. Bei einem Glas Wein dankte ich ihm und seinen Leuten herzlich für ihre

Hilfe. Er antwortete geradeheraus, dass er sich freue mir behilflich gewesen zu sein können und dass Herr Delbrück bereits dafür gesorgt habe, alle Beteiligten zufrieden zu stellen. Der Maître d'hôtel lächelte nur, während der junge Offizier sich entschuldigte, weil er zum Dienst musste.

»Aber wie kommt es, dass die Soldaten nach mir gesucht haben, Herr Delbrück?«, fragte ich, als wir allein waren.
Er zuckte mit den Schultern, als wolle er seine eigenen Anstrengungen dadurch abwerten, bevor er erwiderte: »Glücklicherweise erteilte mir der Kommandeur des Regiments, in dem ich gedient habe, sofort Erlaubnis, einen Suchtrupp aus Freiwilligen zu bilden.«
»Aber woher wussten Sie, dass ich mich verirrt hatte?«, fragte ich.
»Johann ist mit den Trümmern seiner Kutsche zurückgekommen, die umgestürzt war, als seine Pferde durchgingen.«
»Sie haben doch die Soldaten bestimmt nicht nur auf Grund seiner Erzählungen losgeschickt?«
»Oh nein!«, antwortete Herr Delbrück. »Schon vor seiner Ankunft habe ich dieses Telegramm von dem Bojaren erhalten, dessen Gast Sie sind.« Er zog ein Telegramm aus der Tasche, und ich las:

Bistritza
Achten Sie auf meinen Gast – sein Wohlergehen ist mir kostbar. Sollte ihm etwas zustoßen oder sollte er sich verirren, darf nichts zu wenig sein, um ihn zu finden und seine

Sicherheit zu garantieren. Er ist Engländer und deshalb abenteuerlustig. Von Schnee und Wölfen und Nacht drohen oft Gefahren. Verlieren Sie keine Sekunde, wenn er zu Schaden kommen könnte. Mein Vermögen belohnt Ihren Eifer.

Dracula

Als ich das Telegramm in der Hand hielt, schien sich der Raum um mich zu drehen; hätte mich der aufmerksame Maître d'hôtel nicht gestützt, wäre ich wohl gefallen. Mein Erlebnis war in vieler Beziehung so merkwürdig, so schrecklich und fast unvorstellbar, dass ich das Gefühl hatte, zwischen rivalisierenden Kräften hin- und hergerissen worden zu sein – und der bloße Gedanke daran schien mich zu lähmen. Ich stand ganz offensichtlich unter einem geheimnisvollen Schutz. Aus einem entfernten Land war gerade noch rechtzeitig eine Botschaft gekommen, die mich vor dem Erfrierungstod und dem Rachen des Wolfes bewahrte.

Aus dem Amerikanischen von Wulf Bergner

Thomas Brezina

Der Vampirsarg

Romanauszug

Am frühen Abend saß Jupiter mit seinem Vater in der Küche von Burg Falkenfels beim Abendessen. Es gab Kartoffelauflauf, den Jup selbst zubereitet hatte. Seit dem Tod seiner Mutter führte Jupiter den Haushalt. Sein Vater, Professor Erasmus Katz, wäre dazu nie in der Lage gewesen. Er war Tag und Nacht mit seinen Forschungen beschäftigt, schrieb Artikel für verschiedene Zeitschriften oder war unterwegs, um Vorträge zu halten.
»Und, wie lautet dein Urteil über diesen Geistersarg?«, wollte Jupiter wissen.
Professor Katz grinste schief. »Mein Urteil lautet: Da sind die Holzwürmer drin. Wenn sie ihre Gänge durch das morsche Holz bohren, erzeugen sie manchmal ein klopfendes Geräusch.«
Jupiter war enttäuscht. Er hatte sich eine viel aufregendere Antwort erwartet.
»Holzwürmer? Bist du sicher? Frau Lenske und ihr Neffe haben beide gestern Abend ein Klopfen gehört und sind überzeugt davon, dass es aus dem Sarg gekommen ist.«
Das hatte Kai jedenfalls erzählt.
Professor Katz nickte. »Jaja, so ist es. Und ich bleibe da-

bei, es waren die Holzwürmer. Der Sarg ist ungefähr dreihundert Jahre alt und mit großer Wahrscheinlichkeit leer. Ich halte ihn für einen schaurigen Scherz. Dieser Eduardo hat damit wahrscheinlich seine Freunde erschreckt. Mittlerweile ist der gute Mann in der Familiengruft bestattet und sein Spielzeugsarg ist auf einem Speicher verstaubt.«
»Aber . . . vielleicht . . . liegt doch jemand darin, der geklopft hat . . .«, sagte Jupiter vorsichtig.
Sein Vater schüttelte lachend den Kopf. »Bestimmt nicht!«
Jup schob mit der Gabel die Kartoffelstücke auf dem Teller herum. »Hast du den Sarg geöffnet?«
»Nein, er lässt sich nicht öffnen. Aber ich habe ihn angehoben. Er ist leicht, und das bedeutet, er ist leer!«
Für Jupiters Vater war die Sache abgeschlossen. Für Jupiter aber noch lange nicht. Er wollte sofort eine Grusel-Club-Sitzung einberufen und den anderen von dem Sarg erzählen. Einige Male schon waren die drei auf unheimliche Vorgänge gestoßen. Als er mit seiner Kusine telefonierte, rief sein Vater: »Wenn Vicky und Nick kommen, sollen sie bitte das Heimsolarium mitnehmen, das mir ihre Mutter geliehen hat.«
Im Trödlerladen kauerte Kai auf einer Kiste und las in einem dicken Buch. Das heißt, er tat nur so. In Wirklichkeit spähte er immer wieder über den Rand des Buches zu seiner Tante. Sie hatte ihm verboten in das Hinterzimmer zu gehen. Aber genau dort wollte er unbedingt hin.
Frau Lenske trat aus dem Lagerraum, bewaffnet mit Staubwedel, Schrubber und Eimer.
»So viel Dreck an einem Platz habe ich noch nie erlebt!«,

blaffte sie. »Hör zu: Ich muss schnell los und einkaufen. Herr Turkowatz wollte noch kommen und die geschliffenen Gläser abholen. Sag ihm, er soll auf mich warten. Verstanden?«
Artig nickte Kai. Kaum war aber die Ladentür hinter seiner Tante zugefallen, klappte er das Buch zu und schlich in den rückwärtigen Raum. Den Vorhang zog er zur Sicherheit hinter sich zu.
Unheimliche Dunkelheit umgab ihn. Kai zog den Kopf ein. Er hatte das Gefühl, angestarrt zu werden. Hunderte von Augen schienen ihn mit ihren Blicken zu durchbohren. Sie waren hinter ihm. Langsam drehte er sich um und hob den Kopf.
Kai stieß einen erstickten Schrei aus und trat ein paar Schritte zurück. Täuschte er sich oder bewegten sich die Augen wirklich?
Etwas Hartes traf ihn in den Kniekehlen. Er knickte ein und verlor das Gleichgewicht. Kai stürzte nach hinten und landete in einer gepolsterten, engen Kiste. Eine gepolsterte Kiste?
Mit Entsetzen stellte er fest, um welche Kiste es sich handelte. Er versuchte sofort wieder aus dem engen Sarg zu kriechen, doch es gelang ihm nicht. Kalte, trockene Finger lagen auf seinem Hals und drückten ihn hinab. Fauliger Atem wehte ihm von oben entgegen. Zwei weiße Punkte blitzten über ihm auf. Wieder schrie Kai auf. Es war ein gellender Schrei voller Angst und Entsetzen. Der Schrei schallte durch den Lagerraum und wurde von dem dicken Vorhang im Durchgang erstickt.

Ungefähr zehn Minuten später betrat der Grusel-Club den Trödelladen.
»Guten Tag!«, rief Jupiter.
Vicky verzog das Gesicht. »Du meinst wohl Guten Abend. Es ist schon halb sieben vorbei und ein Wunder, dass der Laden überhaupt noch geöffnet hat.«
»Hallo? Ist da jemand?«, rief Jupiter fragend.
Im Laden blieb es still. Jupiter machte ein paar Schritte auf den dicken Vorhang zu, streckte die Hand danach aus und schob ihn ein Stück zur Seite. Suchend tastete er die Wand neben dem Türbogen nach einem Lichtschalter ab. Er fand ein dickes Kabel, an dessen Ende sich ein Drehschalter befand. An der Decke flammten nackte Glühbirnen auf.
»Oh, Mann, was ist denn hier geschehen?«, flüsterte Jup.
Vicky und Nick drängten sich an ihm vorbei in den muffigen Lagerraum.
»Der Sarg ... er ... er war offen ... ich trau mich wetten!«, flüsterte Jup.

* * *

Langsam, Schritt für Schritt, gingen die drei näher an den Sarg heran.
Jupiter legte den Kopf zur Seite. »Geht es euch auch so?«, fragte er. »Ich habe das Gefühl, eine unsichtbare Hand hält mich zurück.«
Vicky verdrehte die Augen. »Jungen! Immer groß die Klappe offen, aber wenn es drauf ankommt, bekommt ihr gleich das große Zittern.«

Nick und Jupiter sahen einander kurz an, nickten sich zu und traten zur Seite. Mit der Hand machten sie eine einladende Bewegung zu dem Sarg hin.

»Äh ... also ...« Vicky begann hektisch ihre Brille mit einem Zipfel ihres Pullis zu polieren.

»Was ist? Hat dich unser großes Zittern vielleicht angesteckt?«, ätzte Jup.

»Blödmänner!«, schimpfte Vicky und streckte den beiden die Zunge raus. Sie richtete sich gerade auf, holte tief Luft und trat mit schnellen Schritten an den Sarg heran. Hektisch begutachtete sie ihn von allen Seiten.

»Da ist nichts, du spinnst einfach, Jupiter!«, lautete ihr Kommentar. Allerdings hatte sie es sehr eilig, zu den Jungen zurückzukommen.

Ping!

Was war das gewesen? Nick sah sich hastig um. Irgendetwas hatte sich verändert. Aber was?

Ping!

War es dunkler geworden?

Ping!

Vicky erkannte, was los war. »Die Glühbirnen brennen durch! Eine nach der anderen!«

Wie auf ein Stichwort hin machte es mehrere Male hintereinander ping! und die restlichen Glühbirnen hauchten ihr Leben aus. In dem Lagerraum wurde es stockfinster.

»Los, raus!« Jupiters Stimme klang nach Angst und Panik. Er drängte die anderen zum Durchgang in den Laden, war dabei aber zu heftig. Nick stürzte mit einem leisen

Schrei. Vicky stolperte über ihn und landete ebenfalls auf dem Boden. Jupiter erging es genauso.

Ein dünner Lichtstreifen leuchtete auf.

Jup, Vicky und Nick schrien wie auf Kommando los. Das war doch nicht möglich!

Ein hohes, lang gezogenes Knarren schallte durch den Lagerraum. Der Lichtstreifen wurde immer breiter und breiter. Der Deckel des Sarges klappte langsam in die Höhe. Aus dem Inneren kam kaltes grünliches Licht.

Die drei Grusel-Clubber bemühten sich recht umständlich auf die Beine zu kommen. Sie traten und boxten dabei unabsichtlich die anderen, keuchten, schnauften und wimmerten.

Sie hörten heiseres Kichern, das immer tiefer und lauter wurde und sich zu dröhnendem Lachen steigerte.

»Das kommt . . . auch aus dem Sarg . . . Es liegt doch jemand drin!«, stieß Jup hervor.

»Wir müssen nachsehen!«, flüsterte Vicky. »Das ist *die* Gelegenheit!«

»Spinnst du?«, rief Nick. »Niemals!«

Jupiter war sich noch nicht sicher.

Der Deckel des Sarges stand mittlerweile offen, verdeckte den dreien aber den Blick in den Sarg. Sie mussten schon näher herangehen, wenn sie mehr erfahren wollten.

※ ※ ※

Das quietschende Knarren war verstummt. Auch das Lachen war nicht mehr zu hören. Nur das grünliche Licht glühte noch immer und ließ die Gegenstände im Lager wilde Schatten werfen.

»Also, was jetzt?«, fragte Jupiter ruppig. Er wäre am liebsten weggerannt, traute sich aber nicht, es zuzugeben.

»Ich sehe schon, ich muss die Sache selbst in die Hand nehmen«, erwiderte Vicky und versuchte dabei, locker zu klingen. Es machte ihr Spaß, die Jungen als Feiglinge dastehen zu lassen, auch wenn ihr dabei die Knie schlotterten.

»Nein!«, rief Nick, doch es war zu spät. Vicky machte ein paar schnelle Schritte auf den Sarg zu, weil sie es sich sonst bestimmt noch anders überlegt hätte. Sie stand nun am schmalen Ende der offenen Totentruhe und starrte hinein. Das giftig grüne Licht tanzte auf ihrem Gesicht.

»Was siehst du?«, wollte Jupiter wissen.

In diesem Augenblick erlosch das Licht und Dunkelheit machte sich wieder breit.

»Aaaaaaa!« Vickys Schrei war nur kurz und wurde schnell erstickt. Etwas fiel zu Boden. Holz splitterte.

»Vicky? Was . . . was ist los?«, riefen die Jungen. Ihre Stimmen klangen hoch und piepsig.

Sie bekamen keine Antwort.

»Vicky? Sag doch etwas!«, drängte Jupiter.

Es blieb totenstill.

»Hast du eine Taschenlampe?«, fragte Jup.

»Nein!«, flüsterte Nick verzweifelt.

»Wir müssen Licht machen!«, keuchte Jup.

»Aber die Glühbirnen sind doch kaputt!«, erinnerte ihn Nick. »Was . . . was ist nur mit Vicky passiert?«

Etwas Schreckliches ist mit ihr passiert!, schoss es Jupiter durch den Kopf, doch er sprach den Gedanken nicht aus.
Das grüne Licht flammte wieder auf.
Der Platz vor dem Sarg war leer.
»Wo ist Vicky?«, krächzte Nick. Er hasste sich selbst, weil ihm die Angst anzuhören war.
»Die macht bestimmt nur einen Scherz«, versuchte ihn Jupiter zu beruhigen. Daran glaubte er aber selbst nicht wirklich. Trotzdem sagte er: »He! Komm raus! Du hast dich nur versteckt.«
Im Lagerraum blieb es still. Auch von draußen kam kein Laut.
»Vielleicht . . . ist sie in den Sarg gefallen und bewusstlos!«, murmelte Nick heiser.
In Jups Kopf überschlugen sich die Gedanken. Vicky konnte im Sarg etwas Schauriges entdeckt haben und ohnmächtig geworden sein. Aber wieso hatten die Jungen sie nicht fallen gehört?
»Komm, wir müssen nachsehen, was da los ist!«, sagte Jupiter. Bevor Nick noch protestieren konnte, hatte sein Freund ihn schon am Arm gepackt und mitgezogen. Sie erreichten die Stelle, wo Vicky gestanden hatte. Der Blick in den Sarg ließ sie nach Luft schnappen.
»Nein!«, brüllten sie gleichzeitig. »Neiiiinn!«
Wieder erlosch das Licht. Jup spürte einen eisigen Hauch, der ihn an der Seite streifte. Mit einem heftigen Tritt wurde er kopfüber in den Sarg befördert. Nur eine Sekunde später kam Nick hinterhergeflogen. Einem kurzen Knarren folgte ein donnernder Knall, der die Wände des Lager-

raums erzittern ließ. Aus einem Regal kippten alte, verstaubte Gläser und zerbrachen auf dem Boden.
Jemand begann zu lachen. Es war ein tiefes, kehliges Lachen, das kalt und grausam klang . . .

Paul van Loon
Liebe Mama, lieber Papa

Jacobs Vater kam am Morgen in die Küche und hatte ein Pflaster am Hals. Er sah bleich und müde aus. Jacobs Mutter sah ihn besorgt an. »Du siehst schlecht aus, Schatz. War es anstrengend heute Nacht?«
Vater nickte. »Wir haben einen neuen Pfleger bekommen. Der Kerl hat von Tuten und Blasen keine Ahnung und ausgerechnet ich muss ihn einarbeiten. Er kann nicht einmal eine Nadel setzen, ohne dass Blut spritzt. Ich weiß wirklich nicht, wo sie den herhaben.«
Jacobs Vater arbeitete als Pfleger im Abraham-van-Helsing-Krankenhaus und hatte deswegen unregelmäßige Arbeitszeiten.
Während er weiter vor sich hin schimpfte, tappte er durch die Küche, öffnete Schranktüren und machte sie wieder zu, als wüsste er nicht recht, was er suchte.
»Ich begreife absolut nicht, weshalb sie den Burschen eingestellt haben. Er sieht so ungesund aus wie eine Leiche – als ob er selbst eine Bluttransfusion brauchen könnte.«
Mutter stellte einen Teller Spiegeleier mit Speck auf den Tisch, das aß Vater am liebsten nach einem aufreibenden Nachtdienst. »Du Ärmster, du hast bestimmt großen Hunger. Vergiss jetzt mal den Neuen und setz dich, dein Essen ist schon fertig.«

Noch immer leise schimpfend, setzte sich Vater an den Tisch neben Jacob, der bis jetzt noch kein Wort gesagt hatte. Er hatte seinen Teller bereits leer gegessen und war in einen Donald-Duck-Comic vertieft. In der Geschichte war Donald auf Puppengröße geschrumpft, weil er sich an einer Nadel mit Schrumpfgift gestochen hatte, die in einer Voodoo-Puppe versteckt gewesen war.

Mit einem Seufzer legte Jacob das Heft beiseite; zum Glück war es mit Donald gut ausgegangen. Dann sah er seinen Vater neugierig an.

»Du, Papa, warum hast du ein Pflaster am Hals?«

»Was? Ach so, das!« Geistesabwesend strich Vater über das Pflaster. »Beim Rasieren geschnitten. Nichts weiter.«

Er schnitt ein Stück Spiegelei ab und führte es mit der Gabel zum Mund. Im nächsten Augenblick würgte er und spuckte den Bissen auf den Teller zurück. Jacob und seine Mutter starrten ihn erschrocken an.

»Was ist denn, Schatz? Hast du dich verschluckt?«

Jacobs Vater schüttelte den Kopf, machte ein angewidertes Gesicht und schob den Teller von sich.

»Es schmeckt mir nicht.«

Mutter sah ihn erstaunt an. »Es schmeckt dir nicht? Das wäre ja das erste Mal seit zehn Jahren. Für Spiegeleier mit Speck würdest du doch sonst mitten in der Nacht aufstehen.« Mit beleidigter Miene begann sie die Bratpfanne zu spülen.

»Und ich sage, es schmeckt mir nicht!«, donnerte Vater und schlug so heftig mit der Faust auf den Tisch, dass die Löffel wie kleine Akrobaten von den Tellern hochspran-

gen und auf die Tischplatte zurückfielen. Jacob war mucksmäuschenstill. Die Atmosphäre in der Küche war plötzlich geladen. Noch nie hatte sein Vater mit der Faust auf den Tisch gehauen. Das machte Jacob Angst. Dann sagte Vater plötzlich mit ruhiger Stimme: »Ich habe eben Appetit auf etwas anderes. Ich habe Appetit auf Blut. . .wurst.« Die Worte kamen langsam aus seinem Mund. Es war, als ob er nicht mit Mutter, sondern mit sich selbst sprach.
»Wenn du Blutwurst willst, dann geh in den Supermarkt und kauf dir welche.« Jacobs Mutter war noch immer gekränkt. Sie griff nach der Zugschnur der Jalousie.
»Durst habe ich auch«, sagte Vater ebenso langsam wie zuvor, als hätte er Mutters Antwort nicht gehört.
»Höllischen Durst! Ein großes Glas helles rotes . . . Mach zu!«, rief er und hielt sich die Hände schützend vors Gesicht. Jacobs Mutter hatte die Jalousie hochgezogen, sodass das Morgenlicht in die Küche fiel. Sie hatte ihren Ärger bereits wieder vergessen.
»Was ist denn nur los? Ich glaube, mit dir stimmt etwas nicht. Soll ich den Arzt holen?«
Vater schüttelte den Kopf und stemmte sich mühsam vom Stuhl hoch. »Ist nicht nötig. Ich brauche keinen Arzt. Schlaf, das ist alles, was ich brauche.« Er schlurfte aus der Küche und zog die Tür hinter sich zu. Sie hörten ihn die Treppe hinaufgehen. Mutter wandte sich zu Jacob um und zuckte mit den Schultern. »Na ja, einen schlechten Tag hat jeder mal, nicht wahr.«

Zwei Tage später war das Pflaster verschwunden und an Vaters Hals prangte ein hässlicher roter Fleck. Jacob sah seinen Vater selten, denn er arbeitete oft nachts und schlief tagsüber. Allerdings fiel Jacob auf, dass er immer bleicher aussah. Und er beklagte sich nicht mehr über den neuen Pfleger. Er fand ihn jetzt sogar nett und erzählte, dass sie zusammen Bluttransfusionen durchführten. Das lief inzwischen reibungslos, kein Tropfen Blut ging mehr daneben, sagte er.

In der Nacht konnte Jacob nicht schlafen. Es gefiel ihm überhaupt nicht, dass sein Vater so oft Nachtdienst hatte. Außerdem war es in letzter Zeit sehr ungemütlich zu Hause. Tagsüber mussten die Vorhänge und die Jalousien geschlossen bleiben, weil Vater kein Tageslicht vertragen konnte, wenn er aufstand. Er bekäme Kopfschmerzen davon, sagte er. Jacob konnte deshalb keine Freunde einladen, denn wer wollte schon in einem dunklen Haus spielen? Außerdem hätten er und seine Freunde sich dann mäuschenstill verhalten müssen, solange Vater schlief, und er wachte meist erst gegen sechs Uhr auf, wenn es draußen schon wieder dunkel wurde.

Während Jacob sich unruhig im Bett herumwarf, hörte er einen Schrei aus dem Elternschlafzimmer. Es war die Stimme seiner Mutter, ganz eindeutig. Er lauschte eine Weile. Dann hörte er eine Männerstimme. War Vater schon von der Arbeit zurück? Der Radiowecker zeigte fünf nach zwölf. So früh kam Vater normalerweise nicht nach Hause. Außerdem hatte Jacob die Haustür nicht gehört.

Wie war sein Vater dann hereingekommen? Jacob war

sich ganz sicher, dass er die Haustür nicht gehört hatte und auch keine Schritte auf der Treppe. Er war verwirrt.

Am nächsten Morgen kam Mutter im Morgenmantel in die Küche. Sie hatte den Kragen hochgeschlagen und trug einen Schal um den Hals.
Vielleicht hat sie Halsschmerzen, dachte Jacob. Wortlos ging Mutter zur Anrichte. Sie sah bleich aus und hatte rot geränderte Augen.
»Hallo«, sagte Jacob. Sie drehte sich langsam zu ihm um und lächelte. Es war ein mattes Lächeln und Jacob hatte das Gefühl, dass sie ihn nicht wirklich ansah.
»Kommt Papa nicht frühstücken?«
Mutter setzte einen Topf Wasser auf. »Er schläft noch, er ist heute Nacht erst um vier nach Hause gekommen. Sein Nachtdienst war sehr anstrengend.«
Jacob sah sie verständnislos an. Um vier? Wie konnte das sein? Er hatte doch selbst gehört, dass Vater bereits kurz nach Mitternacht zu Hause war! Geräuschvoll zog er die Nase hoch. Sonst schimpfte seine Mutter immer, wenn er das tat, aber diesmal schien sie es gar nicht zu hören. Sie goss Wasser in die Teekanne, stellte den Brotkorb auf den Tisch und bedachte Jacob erneut mit einem matten Lächeln. Jacob kam das seltsam vor; diesen Gesichtsausdruck kannte er nicht an ihr. Er wandte den Blick zum Fenster. Das Morgenlicht kam allmählich zwischen den Lamellen der Jalousie hindurchgekrochen.
Mutter schaute ebenfalls zum Fenster und blinzelte.
»Ich . . . glaube, ich lege mich auch noch mal hin, Jacob.

Ich bin ein wenig müde.« Sie beugte sich zu ihm und küsste ihn auf die Wange. Ihre Lippen fühlten sich eiskalt an.
»Willst du denn nichts essen?«, fragte Jacob.
»Nein, ich habe keinen Hunger.« Sie schüttelte den Kopf. Durch die Bewegung verrutschte ihr Schal. Jacob sah einen hässlichen roten Fleck an ihrem Hals.
Ein Knutschfleck?, dachte Jacob. Beim Rasieren ist das jedenfalls nicht passiert.
»Bis später, Jacob«, sagte Mutter und verließ rasch die Küche. Gedankenverloren sah Jacob ihr nach. Merkwürdig benommen wirkten die Eltern und beide hatten sie etwas am Hals.

Den ganzen Vormittag konnte sich Jacob nicht auf den Unterricht konzentrieren. Immer wieder sah er den roten Fleck am Hals seiner Mutter vor sich. Und Vater, der sich so seltsam benahm, seit er sich beim Rasieren geschnitten hatte. Und warum hatte Mutter behauptet, Vater wäre erst um vier nach Hause gekommen, obwohl Jacob seine Stimme schon viel früher gehört hatte?
Sie verschweigen mir etwas, dachte er.
Plötzlich spürte er eine Hand auf seiner Schulter und sah erschrocken auf. Es war der Lehrer. »Willst du nicht ein bisschen frische Luft schnappen, Jacob? Oder möchtest du die Pause im Klassenzimmer verbringen?«
Verwirrt sah Jacob sich um. Das Klassenzimmer war bereits leer; durch das Fenster sah er die anderen Schüler auf dem Schulhof. Die Uhr zeigte zehn nach zwölf. Er hatte nicht einmal das Läuten gehört.

»Ist was, Jacob?«, fragte der Lehrer. »Kann ich dir helfen? Hast du vielleicht Probleme?«
Jacob schüttelte den Kopf und stand schnell auf. »Nein, vielen Dank. Ich habe wohl . . .« Er wusste nicht, was er sagen sollte, griff nach seinem Brotbeutel und lief rasch ins Freie. Dort setzte er sich auf eine Mauer und sah den anderen zu, die herumsaßen oder -schlenderten und ihre Brote aßen. Es war ein ganz normaler Tag, nicht anders als sonst. Und dennoch hatte sich etwas verändert. Jacob schnäuzte sich die Nase und dachte an seinen Vater und seine Mutter, die wahrscheinlich beide noch schliefen und erst am Abend aufwachen würden. Er schüttelte den Kopf. Es war verrückt. Jacob nahm einen Bissen von seinem belegten Brot, aber er hatte keinen Hunger und packte es wieder weg. Er musste mit jemandem über das Ganze sprechen, er brauchte dringend einen Rat. Und es gab nur einen, der alles über dieses Thema wusste. Jacob stand auf und ging zum Fahrradschuppen. Wie erwartet fand er dort Hendrik und Fleur. Seit einem Jahr gingen die beiden miteinander und in den Pausen zogen sie sich immer in eine stille Ecke und tuschelten. Auch jetzt standen sie wieder zusammen, hinten bei den Fahrradständern. Jacob hörte Fleur kichern.
»Puh, ich bin ganz außer Atem«, sagte Hendrik. Jacob räusperte sich und hustete dann übertrieben laut. »Hendrik?«
Hendrik wandte sich um und trat einen Schritt aus dem Schatten. Er war mager, trug eine Brille und hatte strohblondes Haar. Jacob sah einen roten Fleck an Hendriks

Mundwinkel. Fleur benutzte schon Lippenstift, das wusste er, aber im Moment interessierte ihn das nicht.
»Was gibt's?«, fragte Hendrik und wischte sich mit dem Ärmel über den Mund.
»Ich muss dich kurz sprechen, Hendrik.«
Hendrik zögerte und warf einen Blick auf Fleur. »Muss das jetzt sein? Ich helfe Fleur gerade bei den Hausaufgaben.«
Fleur kicherte wieder, aber Jacob tat, als hörte er es nicht.
»Es ist wirklich wichtig.« Fast flehend sah er Hendrik an.
Hendrik seufzte und kratzte sich am Kopf.
»Also, dann schieß mal los, wenn es so wichtig ist...«
Jacob nickte heftig.
Fleur hüstelte. »Wir waren aber noch nicht fertig, Hendrik.«
»Wir machen gleich weiter, Fleur«, sagte Hendrik. »Üb schon mal ein bisschen.«
»Ich allein, du machst wohl Witze!«, rief Fleur.
Hendrik ging mit Jacob zum Ausgang des Fahrradschuppens. Dort setzten sie sich auf die Gepäckträger von zwei alten Rädern.
Hendrik rückte seine Brille zurecht. »Schieß los.«
Jacob zögerte und nahm sein Taschentuch zur Hand. Er wusste nicht recht, wie er anfangen sollte. Die ganze Geschichte erschien ihm auf einmal vollkommen lächerlich. Geräuschvoll schnäuzte er sich, betrachtete das Resultat und faltete das Taschentuch wieder zusammen.
»Du weißt doch alles über Vampire, Hendrik?«
Hendrik nickte und sah Jacob abwartend an.

Jacob räusperte sich. »Was ich wissen wollte: Woran, oder nein, *wie* merkt man, ob jemand ein Vampir ist? Geworden ist, meine ich.«

Hendrik wirkte erstaunt. Ihm war noch nie aufgefallen, dass Jacob sich für Vampire interessierte.

»Ganz einfach. Vampire haben kein Spiegelbild. Und sie vertragen kein Tageslicht, deshalb schlafen sie tagsüber, bis die Sonne untergeht.«

Jacob schluckte und nickte mühsam. »Aber wodurch wird jemand zum Vampir?« Eigentlich kannte er die Antwort bereits, doch er wollte sie von Hendrik hören.

»Indem er von einem anderen Vampir gebissen wird. Meist in die Halsschlagader. Jacob, warum fragst du das alles? Willst du etwa ein Buch über Vampire schreiben?«

»Hendrik, wo bleibst du denn? Ich stehe hier und friere, fühl mal, wie kalt ich bin!«, rief Fleur vom anderen Ende des Fahrradschuppens herüber.

Hendrik stieg vom Gepäckträger. »Jaja, ich komm ja schon.« Er zwinkerte Jacob zu. »Ihr wird immer so kalt vom Bruchrechnen.«

»Eines noch!«, sagte Jacob schnell. »Wie kann man sich gegen Vampire schützen?«

»Mit Knoblauch«, antwortete Hendrik. »Das verträgt ein Vampir nicht. Und mit einem Kruzifix kann man ihn auch verjagen.« Er grinste. »Aber am sichersten ist es natürlich, wenn man ihn im Schlaf tötet. Man muss ihm einen Holzpflock ins Herz treiben und ihm Knoblauch in den Mund stecken. Dann kann man sicher sein, dass er nie mehr aufsteht.«

Jacob nickte. Sein Mund war ganz trocken. »Hendrik, wenn deine Eltern sich in Vampire verwandelt hätten, was würdest du dann tun?«

Hendrik kratzte sich am Kopf und dachte kurz nach. »Keine Frage: ihnen einen Holzpflock ins Herz treiben und Knoblauch in den Mund stecken.«

»Hendrik, wo bleibst du?«, rief Fleur.

Jacob sah Hendrik ungläubig an. »Deinen eigenen Eltern!?«

Hendrik lächelte. »Man bringt sie nicht wirklich um, Jacob, denn Vampire sind ja schon tot oder – besser gesagt – untot. Dazu verdammt, ewig zu leben und Blut zu saugen. Man erlöst sie also lediglich von ihrem Vampirdasein, bevor sie sich an einen selbst ranmachen.«

Er schlug Jacob auf die Schulter. »Warum willst du das wissen, Jacob? Sind deine Eltern etwa Vampire geworden?« Er lachte über seinen eigenen Witz und ging wieder zu Fleur hinüber. Jacob starrte ihm nach. Ihm war nicht nach Lachen zu Mute.

Ich muss verrückt sein, dachte Jacob, als er den Gemüseladen betrat. Er zögerte einen Augenblick, ging dann aber zum Ladentisch.

»Was darf es sein?«, fragte das Mädchen, das uninteressiert auf einem Kaugummi herumkaute.

»Knoblauch«, verlangte Jacob.

»Eine Knolle?«, fragte das Mädchen und hielt eine Knolle Knoblauch hoch.

Jacob schüttelte den Kopf. »Den ganzen Strang, bitte.«

Das Mädchen hob die Augenbrauen und hörte sogar kurz auf zu kauen.

»Gern.« Sie packte den Knoblauchstrang in eine Papiertüte. Jacob versteckte die Tüte unter seiner Jacke und radelte so nach Hause.

Seine Mutter war aufgestanden, trug aber noch immer ihren Morgenmantel und den Schal um den Hals. Die Vorhänge und die Jalousien waren geschlossen und die Atmosphäre im Haus war dumpf.

»Kann ich die Vorhänge aufmachen, Mama?«, fragte Jacob. »Es ist so dunkel hier.«

»Lieber nicht«, sagte sie. »Ich fühle mich nicht besonders wohl und von dem Licht werden meine Kopfschmerzen nur noch schlimmer.«

Sie benutzt die gleichen Ausreden wie Papa, dachte Jacob.

»Außerdem ist es draußen schon fast dunkel, also hat es wenig Sinn, sie jetzt noch aufzumachen«, sagte Jacobs Mutter. Sie lächelte und im Halbdunkel sah Jacob ihre weißen Zähne glänzen. Dann rümpfte sie die Nase. »Du riechst irgendwie komisch, Jacob.« Er sah, dass sie ängstlich einen Schritt zurücktrat.

»Ich . . . ich habe vergessen frische Socken anzuziehen, Mama«, sagte er hastig. Dann rannte er in sein Zimmer und versteckte den Knoblauchstrang unter dem Kopfkissen.

Er setzte sich auf den Bettrand und stützte den Kopf auf die Hände.

Was ist nur mit mir los?, dachte er. Welches Kind glaubte denn schon, dass seine Eltern sich in Vampire verwandelt

haben! So etwas gab es doch nicht! Vampire waren Phantasiewesen aus Büchern.
Vielleicht bin ich überreizt, dachte Jacob. Oder irgendein geheimnisvoller Virus hat mich befallen und jetzt löst sich mein Gehirn langsam auf und ich werde verrückt.
Aber sie können kein Licht vertragen. Und was ist mit den Flecken am Hals?, sagte eine Stimme in seinem Kopf.
»Na und? Das ist doch kein Beweis«, entgegnete Jacob der Stimme. Er schlug sich an die Stirn. Wahnsinn! Nun sprach er bereits mit sich selbst. Ganz bestimmt wurde er verrückt. Mit einem Seufzer ließ er sich nach hinten auf sein Bett fallen.

Als er die Augen aufmachte, zeigte sein Radiowecker elf Uhr. Elf Uhr! Er war einfach eingeschlafen. Und seine Mutter hatte ihn nicht einmal zum Abendessen geweckt. Jacob setzte sich auf und lauschte. Es war totenstill im Haus.
Still wie in einer Gruft, dachte er und schauderte. Er merkte, dass sein Magen knurrte. Hunger! Er überlegte, ob er rasch nach unten gehen und sich etwas zu essen machen sollte. Aber er blieb sitzen. Unten war seine Mutter. Jacob wurde bewusst, dass er zum ersten Mal in seinem Leben Angst vor seiner Mutter hatte. Vielleicht wartete sie dort auf ihn. Nein, vielen Dank, dachte er. Plötzlich hörte er die Treppenstufen knarren. Aus dem Flur schien Licht unter seiner Zimmertür durch. Sie kam!
Jacob geriet in Panik. Er sprang auf, setzte sich wieder und sah sich hilflos nach allen Seiten um. Er schlüpfte mit

Kleidern und Schuhen unter die Bettdecke und stellte sich schlafend. Langsam ging seine Zimmertür auf und Licht fiel herein.

»Jacob«, flüsterte seine Mutter. Ihre Stimme klang fremd und heiser. Jacob lag ganz still und gab keine Antwort.

»Jacob, schläfst du?«

Er machte die Augen einen winzigen Spalt auf und sah seine Mutter in der Türöffnung stehen. Sie war noch immer im Morgenmantel.

Es ist doch nur meine Mutter, dachte Jacob. Alles ganz normal. Meine Phantasie ist mit mir durchgegangen.

Er lugte zu ihr hinüber und gab noch immer keine Antwort. Plötzlich stockte ihm der Atem. An der Wand im Flur hing ein großer Spiegel mit einem Kupferrahmen. Er hatte früher Jacobs Oma gehört. Der Spiegel hing so, dass von Jacobs Bett aus die Türöffnung seines Zimmer sowie das Bett selbst darin zu sehen waren. Auch jetzt sah Jacob, als er an seiner Mutter vorbeischaute, den Türrahmen im Spiegel. Und sein Bett und sich selbst mit dem Kopf halb über der Decke. Nur seine Mutter sah er nicht im Spiegel.

»Jacob, darf ich reinkommen?«, flüsterte sie. »Willst du keinen Gutenachtkuss von deiner Mama?«

Das fehlt mir gerade noch!, dachte Jacob und stieß den Atem aus, den er, ohne es zu merken, gut zehn Sekunden angehalten hatte.

»Nein!«, schrie er. »Du darfst nicht rein! Geh weg!« Er griff unter sein Kopfkissen, packte den Knoblauchstrang und schleuderte ihn in Richtung Tür. Seine Mutter wich mit einem Schrei zurück und schlug die Tür zu. Mit einem

125

Satz sprang Jacob aus dem Bett und begann alles Mögliche vor die Tür zu schieben: seinen Schreibtisch, den Tisch, mehrere Bücherstapel und die Kiste mit seinem alten Spielzeug. Erschöpft taumelte er zurück. So, vorläufig war er in Sicherheit. Er lauschte, aber auf dem Flur war nichts mehr zu hören. Anscheinend hatte seine Mutter bereits aufgegeben.
Jacob lehnte sich an die Wand und fuhr mit der Hand über sein Gesicht. Passierte dies alles wirklich? Oder bildete er es sich nur ein? Vielleicht war seine Mutter zum Telefon gelaufen und hatte einen Arzt angerufen. Oder das Irrenhaus.
Von draußen drang ein Laut in sein Zimmer. Jemand rief nach ihm. Jacob ging zum Fenster, öffnete es und schaute nach unten. Dort stand sein Vater und blickte zu ihm empor. Das Mondlicht fiel auf sein Gesicht und er lächelte Jacob an.
»Hallo, mein Junge, wir müssen einmal ernsthaft miteinander reden«, sagte er.
Meinetwegen, dachte Jacob, aber warum mitten in der Nacht? Und warum steht er da unten?
»Ich kann dir alles erklären«, sagte Jacobs Vater freundlich. »Warte, ich komme hoch, da redet es sich leichter.«
Mit diesen Worten begann er an der Hauswand emporzuklettern. Seine Fingernägel krallten sich in die Fugen zwischen den Klinkersteinen. Einen Moment lang starrte Jacob mit offenem Mund seinen Vater an, der rasch näher kam.
»Noch ein wenig Geduld, Jacob, gleich bin ich bei dir.« Er

lachte und Jacob sah im fahlen Mondlicht seine langen Eckzähne glänzen.

Jacob wollte davonlaufen, konnte sich aber nicht von der Stelle rühren. Es schien, als wären seine Hände am Fensterrahmen festgefroren. Eine Hand seines Vaters umklammerte bereits den Fenstersims und dann erschien sein Gesicht vor dem Fenster.

»Hehe, da wäre ich also«, keuchte er. »Strengt mich noch ganz schön an, die Kletterei.« Dabei sah er keineswegs erschöpft aus und sein Keuchen klang auch nicht echt. »Kann ich in dein Zimmer kommen? Da redet es sich besser.«

Jacob löste sich ruckartig vom Fensterrahmen und wich einen Schritt zurück. »Nein!«

»Nun stell dich nicht an«, sagte sein Vater. »Du musst mich erst auffordern in dein Zimmer zu kommen. So ist das bei uns nun einmal Sitte.«

»Nein!«, rief Jacob und trat noch einen Schritt zurück. »Du bist ein Vampir! Verschwinde!«

Jacobs Vater setzte eine bekümmerte Miene auf. »Aber, aber, so spricht man doch nicht mit seinem Vater. Natürlich bin ich ein Vampir. Na und? Es ist herrlich, Vampir zu sein. Ich bin zwar untot, aber ich habe dich noch genauso lieb.«

»Kann schon sein«, sagte Jacob. Ungläubig, erstaunt und zugleich angstvoll sah er seinen Vater an, dessen Gesicht vor dem Fenster zu schweben schien, während er sich mit den Händen ohne Anstrengung am Sims festhielt.

»Es ist wirklich so, Jacob. Vampir zu sein macht riesig

Spaß. Man kann fliegen, an Wänden hochklettern und mit ein bisschen Übung kann man sich sogar in eine Fledermaus verwandeln. Du glaubst nicht, wie schön die Welt von oben aussieht!«

»Ja?«, fragte Jacob und stellte sich einen Augenblick vor, dass er frei wie ein Vogel über den Wolken schwebte.

»Herrlich, nicht wahr?«, sagte sein Vater, als könnte er Jacobs Gedanken lesen, und wahrscheinlich konnte er das tatsächlich.

Sein Gesichtsausdruck war nach wie vor freundlich, und wenn er den Mund geschlossen hielt, sodass die fürchterlichen Eckzähne nicht zu sehen waren, sah er aus wie immer, nur ein wenig bleich.

»Wie hast du dich denn in so ein . . . so ein Ding verwandelt?«, fragte Jacob.

Sein Vater sah ihn an, als wäre er erschrocken, aber seine Reaktion wirkte nicht ganz überzeugend.

»Nun ja, als ein Ding empfinde ich mich nicht, Jacob. Und ich will auch nicht, dass du so denkst. Wenn ich gewusst hätte, wie großartig es ist, Vampir zu sein, wäre ich schon viel früher einer geworden. Und . . .«

»Wie ist es passiert?« Jacob empfand keine Angst mehr, sondern Wut. Was fiel seinen Eltern eigentlich ein? Sich einfach in Vampire zu verwandeln, als wäre es das Normalste auf der Welt, und ihm nichts davon zu sagen! Hinterhältig fand er das. Gemein!

Sein Vater seufzte. »Es war der neue Pfleger, von dem ich dir erzählt habe. Er hat mich gebissen. Anfangs konnte ich ihn nicht ausstehen. Aber als ich entdeckte, wie herrlich

das Leben als Vampir ist, wurde er mir immer sympathischer. Jetzt sind wir die besten Freunde. Beinahe Blutsbrüder.«
»Beim Rasieren geschnitten...«, sagte Jacob.
Sein Vater zuckte mit den Schultern, was nicht ganz einfach war, denn er hing noch immer mit den Händen am Sims. »Eine Notlüge, Jacob. Nichts weiter.«
»Und Mama?«
Vater sah Jacob eine Zeit lang schweigend an. »Tja, sie ist meine Frau. Was blieb mir denn übrig? Ich kann doch nicht als Vampir durchs Leben gehen, während ihr... äh... etwas anderes seid. Und Mama war einverstanden.« Vater zog sich langsam auf den Fenstersims. »Nun fehlst nur noch du, Jacob. Es geht ganz schnell. Du merkst fast nichts davon. Bittest du mich nun in dein Zimmer?«
»Zurück!«, schrie Jacob. Er hielt plötzlich ein Kruzifix in den ausgestreckten Händen, ebenfalls ein Erbstück von seiner Oma. Während sein Vater sprach, hatte Jacob es heimlich vom Nachttisch genommen. Das Gesicht seines Vaters verzog sich zu einer scheußlichen Grimasse, er entblößte seine Eckzähne und fauchte wie eine Wildkatze. Seine Augen glühten feurig.
»Verschwinde!«, schrie Jacob mit halb erstickter Stimme. »Geh weg! Lass mich in Ruhe!«
Die Hände seines Vaters flatterten wie zwei weiße Schmetterlinge vor dem Fenster auf und ab, dann stürzte er in die Tiefe. Jacob rannte zum Fenster und sah hinunter. Sein Vater fiel erst ein, zwei Meter, verwandelte sich

dann aber im Fallen in eine Fledermaus, die einen hohen Ton ausstieß, eine Aufwärtskurve flog und durch das geöffnete Fenster im Elternschlafzimmer verschwand.
Jacob machte das Fenster zu, legte das Kruzifix auf das Fensterbrett und setzte sich im Dunkeln auf sein Bett. Sie waren beide im Haus, aber sie konnten nicht in sein Zimmer. Die Tür war verbarrikadiert, der Knoblauchstrang hing inzwischen an der Türklinke und das Kruzifix schimmerte im Mondlicht auf der Fensterbank. Er war in Sicherheit. Bald würde es hell werden und dann . . . tja, dann würde er weitersehen. Jacob konnte keinen klaren Gedanken fassen. Ihm war, als würde eine ganze Fledermausfamilie in seinem Kopf herumflattern. Er legte sich so aufs Bett, dass er die Tür im Auge hatte, und schlief fast sofort ein.

Das Morgenlicht weckte Jacob. Sein Kopf fühlte sich schwer an und er meinte sich an einen schlimmen Traum zu erinnern. Seine Muskeln waren verkrampft, denn er hatte die ganze Nacht in derselben Haltung gelegen.
Plötzlich fuhr er hoch. Jetzt fiel ihm alles wieder ein. Er sah zum Fenster. Tageslicht! Nun schliefen seine Eltern. Nein, nun schliefen die Vampire. Er warf einen Blick auf den Radiowecker: Viertel nach elf. Au Backe! Er hatte gründlich verschlafen – der Unterricht hatte schon lange angefangen. Macht nichts, dachte Jacob, heute kann ich sowieso nicht in die Schule.
Er stand auf, baute die Barrikade vor der Tür ab und betrat den Flur. Es war totstill. Jacob warf einen Blick auf

die Tür des Elternschlafzimmers. Da drinnen waren sie, das wusste er, und sie würden bis Sonnenuntergang im Zimmer bleiben. Er hastete die Treppe hinab, ging in die Küche und durch die Hintertür nach draußen zum Schuppen. Zum Frühstücken war keine Zeit, Hunger hatte er ohnehin nicht, schon gar nicht, wenn er an sein grausiges Vorhaben dachte.

Im Schuppen suchte er nach einem stabilen Holzstock. Omas Spazierstock. Der wäre gut, dachte Jacob. Er musste nur den gebogenen Handgriff absägen und ihn unten anspitzen. Insgesamt brauchte er eine Stunde dafür.

Zufrieden betrachtete er das Resultat seiner Arbeit: Jetzt hatte er einen Pflock. Das untere Ende war gefährlich spitz. Spitz genug, um einen ... Er dachte den Gedanken nicht zu Ende. Nachdenken hatte keinen Sinn. Das machte alles nur noch schwieriger. Jacob kramte im Werkzeugkasten seines Vater und nahm den schweren Tischlerhammer heraus. Damit musste es klappen. Gedankenverloren sah er hinaus ins Freie, wo die Sonne heiter auf den Birnbaum im Garten schien.

»Dann mal los. Es ist eine Drecksarbeit, aber jemand muss sie ja machen«, sagte Jacob zur Sonne. Diesen Satz hatte er einmal auf einem Aufkleber auf einem Müllwagen gelesen. Müllmann schien ihm jetzt geradezu als ein Traumjob im Vergleich zu dem, was er würde tun müssen. Er lachte nervös. Mit dem Hammer in der einen Hand und dem Pflock in der anderen und mit bleischweren Füßen betrat Jacob das Haus.

131

Drinnen war es noch immer totenstill. Jacob blieb am Fuß der Treppe stehen und schaute hinauf. Da oben würde es geschehen. Im Grunde eine einfache Sache: Er würde schnell mal zwei Vampire mit einem Holzpflock erledigen. Jacob schluckte. Mit jeder Stufe kam er der Tür oben auf dem Flur näher. Der Hammer wurde zentnerschwer, als er vor der Tür stand. Er lauschte. Kein Laut war zu hören. Vampire atmen nicht, dachte er. Sie sind untot. Dann öffnete er vorsichtig die Tür und trat ein. Es war dunkel im Zimmer, weil die Vorhänge geschlossen waren. Ziemlich dunkel, aber nicht ganz. Er sah das große Bett in der Mitte des Raumes. Es war säuberlich gemacht – und es war leer.

Erschrocken sah Jacob sich um. Er hatte Angst, seine Vampir-Eltern könnten sich hinter der Tür oder unter dem Bett versteckt haben und plötzlich über ihn herfallen. Aber er sah niemanden. Wo steckten sie nur? Sie konnten schließlich nicht weg sein. Oder doch? Nein, er wusste, dass sie da waren! Irgendwie spürte er es. Erneut sah er sich im Schlafzimmer um. Sein Blick blieb an dem großen Kleiderschrank hängen, der fast eine ganze Wand einnahm und bis zur Decke reichte. In diesem Schrank hatte er sich früher oft versteckt, wenn er nicht ins Bett wollte. Es war stockdunkel darin, und als Jacob noch klein war, hatte er manchmal Angst gehabt, dass er sich zwischen all den Kleidern und Jacken verirren könnte. Er knipste das Licht an und legte Hammer und Pflock auf den Boden. Dann ging er mutig zum Kleiderschrank und machte beide Flügeltüren gleichzeitig auf.

Den nächsten Augenblick stand er da und blinzelte verblüfft. Er hatte erwartet seine Eltern auf dem Schrankboden liegend vorzufinden. Aber sie lagen nicht. Wie Fledermäuse hingen sie kopfüber mit den Kniekehlen an der Kleiderstange und schliefen. Beide trugen ihre Morgenmäntel, die am Rücken wie Flügel bis zum Schrankboden herabhingen. Auch Mutters Haar hing nach unten, wie eine Pinselspitze sah es aus. Die Arme hatten sie vor der Brust verschränkt. Sie schliefen friedlich, ohne einen Laut von sich zu geben, und sahen vollkommen wehrlos aus.
Jacob stand reglos wie ein Standbild vor dem Schrank und betrachtete seine Eltern. Nun war es also so weit. Es bestand keine Gefahr, dass sie aufwachten, denn die Sonne würde erst in einigen Stunden untergehen. Er griff nach Hammer und Pflock. Den Hammerstiel hielt er mit einer Hand fest umklammert, während er mit der anderen den Pflock auf die Brust seines Vaters setzte.
Mitten durchs Herz, hatte Hendrik gesagt. Ein paar gezielte Schläge, und es wäre vorbei. Jacob hatte beschlossen auf den Knoblauch im Mund zu verzichten. Das wäre ein bisschen zu viel des Guten, fand er. Der Pflock musste ausreichen.
Wie im Traum betrachtete er die nach unten hängenden Gesichter seiner Eltern. Langsam bewegte sich seine Hand mit dem Hammer nach hinten. Und während er seinen Blick nicht von den friedlichen Gesichtern lösen konnte, begann die andere Hand, mit der er den Pflock hielt, zu zittern. Erst ging nur ein leichtes Beben durch seinen Arm, aber die Bewegung wurde immer heftiger.

Seine Hand vibrierte, als würde er versuchen eine schwere Bohrmaschine ruhig zu halten. Er konnte nichts gegen das Zittern tun. Der Hammer in seiner anderen Hand wurde so schwer, als ob das ganze Zimmer daran hinge. Jacobs Augen begannen zu brennen und er spürte, wie seine Wangen nass wurden. Der Hammer krachte auf den Fußboden und gleich darauf polterte der Holzpflock auf den Boden des Schranks.

Er konnte es nicht! Auch wenn sie Vampire waren, sie blieben doch seine Eltern. Schwer atmend, als hätte er soeben einen hohen Berg erklommen, stand Jacob vor dem Schrank. Erst jetzt konnte er wieder klar denken und die Situation überblicken.

Wenn ich sie umbringe, habe ich niemanden mehr, dachte er. Nun ja, er hatte die Schule und seine Klassenkameraden, aber ein richtiger Freund war eigentlich nicht darunter. Niemand liebte ihn so, wie seine Eltern ihn liebten. Und sie liebten ihn noch immer, hatte Vater gesagt, auch wenn sie jetzt untot waren.

Jacob straffte die Schultern. Eine schwere Last schien plötzlich von ihm abgefallen zu sein. Die Wahl war einfach: seine Eltern oder der Rest der Welt. Und im Grunde brauchte er darüber nicht mehr nachzudenken.

Er hob Hammer und Pflock auf und warf beides aus dem Fenster.

An die langen Eckzähne im Mund würde er sich erst gewöhnen müssen. Die Zahnspange jedenfalls wäre er dann los. Ihm fiel ein, dass er nie mehr die Sonne sehen würde. Was soll's, man gewöhnt sich an alles, dachte Jacob. Und nachts scheint ja der Mond. Jacob hatte einen Entschluss gefasst und war nun vollkommen ruhig.

Langsam zog er seine Schuhe aus und setzte sich im Schneidersitz genau zwischen die nach unten hängenden Köpfe seiner Eltern. Er küsste beide auf die eiskalten Wangen und lehnte dann den Kopf an die Rückwand des Schranks. In etwa fünf Stunden ging die Sonne unter. Wie würden sich die Eltern freuen ihn hier vorzufinden! Sie müssen losen, wer mich beißen darf, dachte Jacob. Nein, Mama soll es tun. Das ist mir lieber. Bis dahin kann ich vielleicht ein Nickerchen machen, um mich schon mal an das Schlafen am Tag zu gewöhnen. Lächelnd schloss Jacob die Augen und wartete . . .

Aus dem Niederländischen von Eva Schweikart

R. L. STINE

Der Vampir aus der Flasche

Romanauszug

Vor einigen Jahren hatten meine Eltern den Keller aufgeräumt und ihn in ein tolles Spielzimmer verwandelt. Wir haben da unten einen richtigen, großen Billardtisch und eine wunderschöne, alte Musicbox, die Mom und Dad mit alten Rock-'n'-Roll-Platten bestückt haben.
Letztes Weihnachten haben sie mir ein Tischhockeyspiel gekauft. Ein richtig stabiles.
Cara und ich tragen darauf immer wieder Hockeykämpfe aus. Wir verbringen Stunden damit, den Plastikpuck zwischen uns hin- und herzuschießen. Wir steigern uns da immer richtig rein.
Gewöhnlich enden unsere Hockeyspiele mit Balgereien. Genau wie bei echten Hockeyspielen im Fernsehen!
Wir beugten uns über das Spielfeld und begannen uns warm zu spielen, indem wir den Puck auf dem Tisch mit geringer Geschwindigkeit hin- und herschoben. Noch versuchten wir nicht Punkte zu machen.
»Wo sind deine Eltern?«, wollte Cara wissen.
Ich zuckte die Achseln. »Da bin ich überfragt.«
Mit zusammengekniffenen Augen schaute sie mich an. »Du weißt nicht, wo sie hingegangen sind? Haben sie dir denn keine Nachricht oder so was dagelassen?«

Ich schnitt eine Grimasse. »Sie sind oft unterwegs.«
»Wahrscheinlich, um *dir* aus dem Weg zu gehen!«, rief Cara und lachte.
Ich war gerade aus dem Karateunterricht zurückgekommen. Also trat ich um den Hockeytisch herum und vollführte ein paar Karatebewegungen. Aus Versehen erwischte ich sie mit einem meiner Fußtritte an der Ferse.
»He...!«, rief sie wütend. »Freddy – du Trottel!«
Als sie sich bückte, um sich die Ferse zu reiben, schubste ich sie gegen die Wand. Einfach so zum Spaß.
Ich alberte nur herum. Aber wahrscheinlich ist mir nicht ganz klar, wie kräftig ich bin.
Cara verlor das Gleichgewicht und knallte heftig gegen die antike Vitrine mit altem Geschirr. Das Geschirr klapperte und wackelte. Aber nichts zerbrach.
Ich lachte, denn ich wusste, dass sich Cara nicht ernsthaft wehgetan hatte.
Ich streckte die Hand aus, um ihr dabei zu helfen, von der Vitrine weg- und hochzukommen. Doch sie stieß ein Angriffsgebrüll aus – und stürzte sich auf mich.
Sie rammte mir die Schulter gegen die Brust. Ich stieß einen heiseren, erstickten Laut aus. Wieder einmal sah ich Sternchen.
Während ich keuchend nach Luft rang, schnappte sie sich den Puck vom Spieltisch. Sie holte aus, um den Puck nach mir zu werfen.
Doch ich packte ihre Hände und kämpfte darum, ihr den Puck abzunehmen.
Wir lachten zwar, doch diese Rangelei war ganz schön ernst.

Versteh mich nicht falsch, Cara und ich, wir machen das ständig. Vor allem dann, wenn meine Eltern außer Haus sind.
Hastig riss ich ihr den Puck aus der Hand – und er flog quer durch den Raum. Mit einem lauten Karateschrei riss ich mich von ihr los.
Wir lachten beide so heftig, dass wir uns die Bäuche halten mussten. Doch dann rannte Cara los und rammte mich noch einmal.
Dieses Mal schaffte sie es, mich zurücktaumeln zu lassen. Ich verlor das Gleichgewicht. Meine Hände schossen in die Höhe, als ich gegen die Vitrine flog.
Ich kam heftig auf und knallte mit dem Rücken gegen die hölzerne Seitenwand der Vitrine.
Und da kippte die ganze Vitrine um!
Ich hörte das Klirren von Geschirr, das zerbrach.
Einen Moment später landete ich, hilflos auf dem Rücken ausgestreckt, auf der Vitrine.
»Ohhhh!« Mein Schrei verwandelte sich in schmerzerfülltes Stöhnen.
Dann herrschte Stille.
Da lag ich wie eine Schildkröte auf dem Rücken auf der umgestürzten Vitrine. Ich zappelte mit Händen und Beinen in der Luft herum. Mein ganzer Körper tat mir weh.
»Ah-oh!«
Das war alles, was ich Cara sagen hörte.
Einfach nur: »Ah-oh!«
Und dann hastete sie zu mir. Sie bückte sich, packte mich an den Händen und zerrte mich auf die Beine.

Bestürzt traten wir von der umgekippten Vitrine zurück.

»Das tut mir Leid«, murmelte Cara. »Das hab ich nicht gewollt.«

»Ich weiß«, sagte ich. Schwer schluckend, rieb ich mir die schmerzende Schulter. »Ich denke, wir haben jetzt ziemlichen Ärger am Hals.«

Wir drehten uns beide um, um den Schaden zu begutachten.

Und schrien überrascht auf, als wir entdeckten, was hinter dem alten Holzschrank verborgen gewesen war.

»Eine geheime Tür!«, rief ich aufgeregt.

Wir starrten die Tür an. Sie war aus glattem dunklem Holz. Der Griff war mit einer dicken Schicht Staub überzogen.

Ich hatte keine Ahnung gehabt, dass dahinten eine Tür ist. Und ich war mir ziemlich sicher, dass Mom und Dad ebenfalls nichts davon wussten.

Neugierig traten Cara und ich vor die Tür. Ich rieb mit der Hand über den Griff und wischte den Staub ab.

»Wo führt die hin?«, fragte Cara und strich sich das schwarze Haar aus dem Gesicht.

Ich zuckte die Achseln. »Da fragst du mich zu viel. Vielleicht ist es ein Einbauschrank oder so was. Mom und Dad haben nie einen weiteren Raum hier unten erwähnt.«

Ich klopfte mit der Faust gegen die Tür. »Ist da drin jemand?«, rief ich.

Cara lachte. »Du wärst bestimmt ganz schön baff, wenn dir jemand antworten würde!«, rief sie aus.

Ich lachte ebenfalls. Das war eine ziemlich komische Vorstellung.

»Warum versteckt wohl jemand eine Tür hinter einem Schrank?«, fragte Cara. »Das ergibt doch keinen Sinn.«

»Vielleicht ist dahinter ein Piratenschatz verborgen«, sagte ich. »Oder es gibt da einen Raum voller Goldstücke.«

Cara verdrehte die Augen. »Das ist ziemlich lahm«, meckerte sie. »Piraten mitten in Ohio?«

Cara drehte den Türgriff und versuchte die Tür aufzuziehen.

Manche Kinder würden wahrscheinlich zögern und wären nicht gerade scharf darauf, eine geheimnisvolle, verborgene Tür in ihrem Keller zu öffnen. Manche Kinder hätten womöglich ein bisschen Angst.

Aber Cara und ich nicht.

Wir sind keine Angsthasen. Über Gefahren denken wir nicht lange nach. Wir sind knallhart.

Die Tür ging nicht auf.

»Ist sie abgeschlossen?«, fragte ich Cara.

Sie schüttelte den Kopf. »Nein. Die Vitrine ist im Weg.«

Die Vitrine lag auf der Seite vor der Tür. Wir packten sie an. Cara nahm sie oben. Ich packte sie unten.

Sie war schwerer, als ich gedacht hatte. Vor allem wegen all des zerbrochenen Geschirrs darin. Aber wir schoben und zogen und schleiften sie von der Tür weg.

»Okay«, sagte Cara und wischte sich die Hände an den Hosenbeinen ihrer Jeans ab.

»Okay«, wiederholte ich. »Dann wollen wir uns das mal ansehen.«

Der Türgriff fühlte sich kühl in meiner Hand an. Ich drehte ihn und zog die Holztür auf.

Die Tür bewegte sich nur langsam. Sie war schwer und die rostigen Angeln verursachten ein unheimliches *Quiiiiiietsch-Quiiiiiietsch,* während ich mich abmühte sie zu öffnen.

Dann beugten Cara und ich uns, dicht aneinander gedrängt, in die Türöffnung und spähten hinein.

Ich erwartete dahinter einen Raum vorzufinden. Eine Abstellkammer oder einen alten Heizungsraum. In einigen alten Häusern – zum Beispiel in dem meiner Tante Harriet – gibt es Kohlenkammern, wo die Kohle aufbewahrt wurde, mit der man die Heizung fütterte.

Doch das war es nicht, was wir zu sehen bekamen.

Während ich so in die Dunkelheit blinzelte, stellte ich fest, dass wir in einen Tunnel starrten.

Einen finsteren Tunnel.

Ich streckte die Hand aus und berührte die Wand. Stein. Kalter Stein. Kalt und feucht.

»Wir brauchen Taschenlampen«, schlug Cara leise vor.

Noch einmal strich ich über den kalten, feuchten Stein. Dann wandte ich mich zu Cara um. »Du meinst, wir gehen in den Tunnel?«, fragte ich.

Blöde Frage. *Natürlich* gingen wir in den Tunnel. Wenn du einen verborgenen Tunnel in deinem Keller findest, was tust du dann?

Du bleibst nicht einfach nur am Eingang stehen und wunderst dich darüber. Du *erforschst* ihn.

Cara folgte mir zur Werkbank meines Vaters hinüber. Ich fing an, auf der Suche nach Taschenlampen Schubladen aufzuziehen.

»Wo könnte dieser Tunnel hinführen?«, fragte Cara und runzelte nachdenklich die Stirn. »Vielleicht führt er zum Haus nebenan. Vielleicht verbindet er die beiden Häuser miteinander.«

»Auf dieser Seite *gibt* es kein Haus«, erinnerte ich sie. »Da ist ein unbebautes Grundstück. Leer, so lange ich denken kann.«

»Nun, irgendwohin *muss* er ja führen«, sagte sie. »Man kann doch keinen Tunnel haben, der nirgends hinführt.«

»Gut überlegt«, antwortete ich sarkastisch.

Sie schubste mich.

Ich schubste sie zurück.

Dann entdeckte ich auf dem Boden einer Werkzeugschublade eine Plastiktaschenlampe. Cara und ich griffen gleichzeitig danach. Schon wieder gab es eine Rangelei, aber diesmal nur eine kurze. Dabei nahm ich ihr die Taschenlampe ab.

»Wieso machst du so viel Wind darum?«, wollte sie wissen.

»Ich hab sie als Erster gesehen«, sagte ich. »Besorg dir selber eine!«

Ein paar Sekunden später fand sie in einem Regal über der Werkbank eine weitere Taschenlampe. Sie probierte sie aus, indem sie mir damit so lange in die Augen leuchtete, bis ich sie anschnauzte.

»Okay. Ich bin bereit«, sagte sie.

Wir rannten zur Tür zurück, wobei die Strahlen unserer Taschenlampen kreuz und quer über den Kellerboden hüpften. Vor der offenen Tür blieb ich stehen und schickte den Lichtstrahl in den Tunnel. Cara leuchtete die Steinwände ab, die von einer dicken grünen Moosschicht überzogen waren. Auf dem glatten Steinboden glitzerten kleine Wasserpfützen in den herumhuschenden Strahlen unserer Taschenlampen.

»Feucht hier drin«, stellte ich fest. Ich machte einen Schritt in den Tunnel und ließ meinen Lichtstrahl über die Wände gleiten. Die Luft fühlte sich augenblicklich kälter an. Ich fröstelte, von der Temperaturänderung überrascht.

»Puh!«, pflichtete mir Cara bei. »Das ist ja wie in einem Kühlschrank hier drinnen.«

Ich hob die Lampe und richtete den Lichtstrahl geradeaus vor uns. »Ich kann nicht sehen, wo der Tunnel endet«, sagte ich. »Er könnte sich kilometerweit hinziehen!«

»Es gibt nur einen Weg, das herauszufinden«, antwortete Cara entschlossen. Sie hob ihre Lampe und blendete mich schon wieder. »Haha! Drangekriegt!«

»Das ist nicht witzig!«, protestierte ich und leuchtete ihr mit meiner Lampe in die Augen. Wir lieferten uns einen kurzen Taschenlampenkampf. Keiner von uns gewann. Nun tanzten uns beiden helle gelbe Flecke vor den Augen. Ich wandte mich wieder dem Tunnel zu. »Halll-loooooo!«, rief ich. Das Echo meiner Stimme wurde wieder und wieder zurückgeworfen. »Jeeeeeemand zu Hauuuuuuuuse?«

Cara stieß mich gegen die feuchte Steinwand. »Hör auf damit, Freddy! Wieso kannst du nicht *einmal* ernst sein?«

»Ich *bin* ernst«, erklärte ich. »Los jetzt! Lass uns gehen!« Dabei rempelte ich sie mit der Schulter an und wollte sie vor die Wand schubsen. Aber ihre Beine hielten stand. Sie rührte sich nicht vom Fleck.

Also senkte ich meinen Lichtstrahl auf den Boden, damit wir sehen konnten, wo wir hintraten. Cara leuchtete mit ihrer Lampe vor uns her.

Pfützen ausweichend, bewegten wir uns langsam voran. Die Luft wurde kälter, je tiefer wir in den Tunnel vordrangen. Unsere Schuhe verursachten leise scharrende Geräusche, die unheimlich von den Steinwänden widerhallten. Nach etwa einer Minute drehte ich mich um und schaute zur Kellertür zurück. Sie war nur noch ein schmales gelbes Rechteck aus Licht und sehr weit entfernt.

Der Tunnel machte eine Kurve und die Steinwände schienen auf uns zuzurücken. Ich fühlte einen Schauer von Angst, schüttelte ihn aber ab.

Es gibt nichts, wovor man sich fürchten müsste, sagte ich mir. Das hier ist nur ein alter, leerer Tunnel.

»Es ist wirklich unheimlich«, murmelte Cara. »Wo kann der Tunnel nur hinführen?«

»Wir müssen uns unter dem unbebauten Grundstück nebenan befinden«, vermutete ich. »Aber warum sollte jemand einen Tunnel unter ein unbebautes Grundstück graben?«

Cara leuchtete mir ins Gesicht. Sie hielt mich an der Schulter fest, damit ich stehen blieb. »Möchtest du umkehren?«

»Natürlich nicht«, antwortete ich wie aus der Pistole geschossen.

»Ich auch nicht«, sagte sie rasch. »Ich wollte nur wissen, ob *du* es willst.«

Unsere Lichtstrahlen tanzten über die feuchten Steinwände, während wir der Biegung des Tunnels folgten. Wir hüpften über eine ausgedehnte Wasserpfütze, die die ganze Breite des Fußbodens einnahm.

Dann machte der Tunnel eine weitere Kurve. Und eine Tür kam in Sicht.

Eine weitere dunkle Holztür.

Die Strahlen unserer Taschenlampen tanzten an der Tür auf und ab, als wir eilig darauf zuliefen. »Hallo, da drinnen!«, rief ich. »Halllooooo!« Ich klopfte an die Tür.

Keine Antwort.

Als Nächstes packte ich den Türgriff.

Cara hielt mich ein weiteres Mal zurück. »Was ist, wenn deine Eltern nach Hause kommen?«, fragte sie. »Sie werden sich schreckliche Sorgen machen. Sie werden nicht wissen, wo du bist.«

»Nun, wenn sie in den Keller herunterkommen, werden sie die Vitrine auf dem Boden liegen sehen«, antwortete ich. »Und sie werden die offene Tür sehen, die zu diesem Tunnel führt. Dann können sie sich ausrechnen, was passiert ist. Und sie werden uns wahrscheinlich hierher folgen.«

»Wahrscheinlich«, pflichtete mir Cara bei.

»Wir müssen herausfinden, was sich auf der anderen Seite dieser Tür befindet«, sagte ich eifrig. Dabei drehte ich den

Griff und zog die Tür auf. Auch diese Tür war schwer. Und als sie aufging, knarrte sie genauso unheimlich wie die erste.

Wir leuchteten hinein.

»Da ist ein Raum!«, wisperte ich. »Ein Raum am Ende des Tunnels!«

Unsere Lichtstrahlen tanzten über die glatten dunklen Wände. Über nackte Wände. Aneinander gedrückt, betraten wir den kleinen, rechteckigen Raum.

»Was ist schon groß dabei? Er ist leer«, sagte Cara. »Es ist nur ein leerer Raum.«

»Nein, ist es nicht«, sagte ich leise.

Ich zielte mit meinem Lichtkegel auf ein großes Objekt auf dem Boden in der Mitte des Raums.

Wir starrten es beide unverwandt an. Starrten es schweigend an.

»Was ist das?«, fragte Cara schließlich.

»Ein Sarg«, antwortete ich.

Ich spürte, wie mein Herz einen Schlag lang aussetzte.

Ich hatte keine Angst. Aber mein ganzer Körper begann zu prickeln. Vor Aufregung, denke ich.

Cara und ich hielten die Lichtkegel unserer Taschenlampen auf den Sarg gerichtet, der in der Mitte des Raums auf dem Boden stand. Die Lichtkreise tanzten über das dunkle Holz. Unsere Hände zitterten.

»Ich habe noch nie zuvor einen Sarg gesehen«, murmelte Cara.

»Ich auch nicht«, gestand ich. »Außer im Fernsehen.«

Das Licht wurde von dem polierten Holz reflektiert. Ich entdeckte Messinggriffe an beiden Enden der langen Truhe.

»Was ist, wenn da drin ein Toter liegt?«, fragte Cara mit zaghafter Stimme.

Mein Herz hüpfte schon wieder. Die Haut prickelte noch kälter.

»Ich weiß nicht«, flüsterte ich. »Wer sollte denn schon in einem geheimen Raum unter unserem Haus begraben liegen?«

Ich richtete den Lichtkegel höher und leuchtete den Raum damit ab. Vier nackte Wände. Glatt und grau. Keine Fenster. Kein Schrank. Die einzige Tür führte zurück in den Tunnel.

Ein verborgener Raum am Ende eines gewundenen Tunnels. Ein Sarg in einem verborgenen unterirdischen Raum...

»Ich bin sicher, dass meine Eltern davon keine Ahnung haben«, erklärte ich Cara. Tief Luft holend, steuerte ich weiter auf den Sarg zu.

»Wohin gehst du?«, wollte Cara mit schriller Stimme wissen. Sie stand noch immer an der offenen Tür.

»Das sollten wir uns näher ansehen«, antwortete ich und ignorierte mein wummerndes Herz. »Lass uns einen Blick hineinwerfen.«

»Halt mal!«, rief Cara. »Ich ... ähm ... ich glaube nicht, dass wir das tun sollten.«

Ich wandte mich zu ihr um. Das Licht meiner Taschenlampe erfasste ihr Gesicht. Ich sah, wie ihr Kinn bebte. Mit zusammengekniffenen Augen blickte sie auf den Sarg.

»Du fürchtest dich?«, wollte ich wissen und konnte nicht verhindern, dass sich auf meinem Gesicht ein Grinsen breit machte. Cara fürchtete sich vor irgendetwas? Das war ein unvergesslicher Augenblick!

»So ein Quatsch!«, sagte sie nachdrücklich. »Ich fürchte mich nicht. Aber ich denke, wir sollten vielleicht deine Eltern holen.«

»Wieso?«, fragte ich. »Wieso sollten meine Eltern dabei sein, wenn wir einen alten Sarg öffnen?«

Ich hielt den Lichtstrahl auf ihr Gesicht gerichtet und sah, wie ihr Kinn schon wieder bebte.

»Weil man nicht einfach herumspaziert und Särge öffnet«, antwortete sie und verschränkte nachdrücklich die Arme vor der Brust.

»Na gut ... wenn du mir nicht helfen willst, mach ich's eben alleine«, verkündete ich, drehte mich zu dem Sarg um und strich mit der Hand über den Deckel. Das polierte Holz fühlte sich glatt und kühl an.

»Nein – warte!«, rief Cara. Sie kam rasch herbei und stellte sich neben mich. »Ich habe keine Angst. Aber ... das könnte ein großer Fehler sein.«

»Du hast Angst«, behauptete ich. »Du hast eine Heidenangst.«

»Hab ich nicht!«, widersprach sie hartnäckig.

»Ich habe dein Kinn zittern gesehen. Zweimal.«

»Und?«

»Also fürchtest du dich.«

»Überhaupt nicht.« Sie stieß einen empörten Seufzer aus.

»Hier, ich beweise es dir.«

Sie drückte mir ihre Taschenlampe in die Hand.
Dann packte sie den Sargdeckel mit beiden Händen und begann ihn anzuheben.
»Brr. Der ist echt schwer«, stöhnte sie. »Hilf mir!«
Mir lief ein Schauer über den Rücken.
Ich schüttelte ihn ab und setzte die Taschenlampen am Boden ab. Dann legte ich beide Hände auf den Sargdeckel.
Ich beugte mich vor. Fing an ihn anzuheben.
Cara und ich schoben mit aller Kraft.
Anfangs rührte sich der schwere Holzdeckel kein bisschen.
Doch dann hörte ich ein Knarren, als er sich zu heben begann.
Langsam, ganz langsam hob er sich in unseren Händen.
Über den offenen Sarg gebeugt, schoben und drückten wir, bis er senkrecht aufgeklappt war.
Wir ließen den Deckel los.
Ich schloss die Augen. Eigentlich wollte ich gar nicht hineinschauen. Aber ich musste.
Ich blinzelte in den offenen Sarg hinein.
Zu dunkel. Man konnte überhaupt nichts erkennen.
Gut, sagte ich mir und seufzte erleichtert auf.
Doch da bückte sich Cara, hob die Taschenlampen vom Boden auf und drückte mir meine in die Hand.
Wir leuchteten in den Sarg und schauten hinein.

Der Sarg war mit violettem Samt ausgeschlagen, der im Licht unserer Taschenlampen zu glühen schien. Wir leuchteten das Innere des Sarges mit unseren Lampen von einem Ende bis zum anderen ab.

»Er ... er ist *leer!*«, stotterte Cara.
»Nein, ist er nicht«, antwortete ich.
Mein Lichtkegel blieb an einem Gegenstand am Ende des Sarges haften. Ein blauer Fleck, der sich vom violetten Samt abhob.
Als ich näher rückte, wurde er erkennbar.
Eine Phiole. Ein blaues Glasfläschchen.
»Verrückt!«, rief Cara aus, als sie das Fläschchen ebenfalls entdeckt hatte.
»Ja. Total verrückt«, stimmte ich ihr zu.
Zögernd bewegten wir uns zum Ende des Sarges, um besser sehen zu können. Ich drückte mich gegen die Seitenwand des Sarges, während ich mich zu dem Fläschchen hinunterbeugte. Meine Hände fühlten sich auf einmal eiskalt an.
Cara langte an mir vorbei und schnappte sich die Phiole. Sie hielt sie in den weißen Lichtkegel meiner Taschenlampe und wir musterten sie beide sorgfältig.
Das Fläschchen war rund und dunkelblau und passte locker in Caras Hand. Es bestand aus glattem Glas und war mit einem blauen Glasstopfen verschlossen.
Cara schüttelte es. »Es ist leer«, sagte sie leise.
»Ein leeres Fläschchen in einem Sarg? Eindeutig verrückt!«, rief ich. »Wer kann es hier drin zurückgelassen haben?«
»He ...! Da ist ein Etikett.« Cara deutete auf ein kleines Papierviereck, das auf das Glas geklebt war. »Kannst du es lesen?«, fragte sie und hielt mir das blaue Fläschchen vors Gesicht.

Auf dem Etikett standen verwaschene, altertümlich aussehende Buchstaben. Ich kniff die Augen zusammen.
Die Aufschrift war so verblasst, dass kaum mehr als verwischte Flecken übrig geblieben waren.
Ich richtete meinen Lichtkegel direkt darauf und schaffte es schließlich, die Aufschrift zu entziffern: »VAMPIRODEM.«
»Was?« Cara klappte vor Schreck der Unterkiefer herunter. »Hast du *Vampirodem* gesagt?«
Ich nickte. »Genau das steht drauf.«
»Aber was kann das sein?«, fragte sie irritiert. »Was ist *Vampirodem*?«
»Da bin ich überfragt«, antwortete ich und starrte die Phiole unverwandt an. »Ich habe noch keinen Werbespot im Fernsehen darüber gesehen!«
Cara lachte nicht über meinen Scherz.
Sie drehte das Fläschchen zwischen ihren Fingern hin und her und suchte nach zusätzlichen Informationen. Doch auf dem Etikett stand nur das eine Wort: »VAMPIRODEM«.
Ich richtete den Lichtstrahl noch einmal auf den Sarg, um nachzuschauen, ob wir irgendetwas darin übersehen hatten. Immer wieder ließ ich den Lichtkegel hin und her wandern. Dann beugte ich mich über die Sargwand und strich mit der Hand über den violetten Samt. Er fühlte sich trocken und weich an.
Als ich mich zu Cara umwandte, hatte sie sich ihre Taschenlampe unter den Arm geklemmt. Und sie drehte an dem Glasstopfen, der oben auf der Phiole saß.

»He – was tust du da?«, rief ich.
»Ich mach sie auf«, antwortete sie. »Aber der Stöpsel klemmt und es sieht so aus, als ob ich ihn nicht...«
»Nein...!«, schrie ich. »Stopp!«
Ihre dunklen Augen blitzten und bohrten sich in meine.
»Hast du Schiss, Freddy?«
»Ja. Ich meine – Nein!«, stotterte ich. »Ich... ähm... ich stimme dir zu, Cara. Wir sollten warten, bis meine Eltern nach Hause kommen. Wir sollten ihnen das hier zeigen. Wir können nicht einfach herumspazieren und Särge öffnen und Fläschchen herausnehmen und...«
Angespannt schnappte ich nach Luft, während sie an dem Stopfen zog.
Ich hatte keine Angst oder so. Ich wollte nur einfach keine Dummheit begehen.
»Gib es mir!«, rief ich und griff nach der Phiole.
»Kommt nicht in Frage!« Sie fuhr herum, um zu verhindern, dass ich sie ihr wegnahm.
Und dabei fiel ihr das Fläschchen aus der Hand.
Wie versteinert sahen wir zu, wie es auf den Boden fiel.
Es hüpfte einmal auf. Aber es zerbrach nicht. Doch der Glasstopfen flog heraus.
Cara und ich starrten auf das Fläschchen hinunter. Ohne zu atmen.
Wir warteten.
Wir fragten uns, was passieren würde.

Sssssssssssssssss.
Es dauerte ein paar Sekunden, bis mir klar wurde, was

das zischende Geräusch verursachte. Dann entdeckte ich den rauchigen grünen Nebel, der aus der Phiole hervorschoss.

Kühl und feucht stieg der dichte Nebel wie ein Geysir empor. Ich spürte, wie er mir ins Gesicht trieb.

»Oh!« Ich stöhnte auf, als mir sein stechender Geruch in die Nase stieg.

Benommen taumelte ich rückwärts und rang nach Luft. Ich begann zu würgen und ruderte mit beiden Armen wie wild durch die Luft, um den Nebel zu vertreiben.

»Igitt!«, stieß Cara hervor und verzog angewidert das Gesicht. Sie hielt sich mit den Fingern die Nase zu. »Das Zeug stinkt erbärmlich!«

Der Ekel erregende Nebel hatte sich nach wenigen Sekunden über den ganzen Raum ausgebreitet.

»Ich ... ich krieg keine Luft!«, keuchte ich.

Und sehen konnte ich auch nichts. Der Nebel verschluckte das Licht unserer Taschenlampen!

»Oh!«, stöhnte Cara. »Wie furchtbar!«

Meine Augen brannten. Ich schmeckte den ekelhaften Nebel auf der Zunge. Mir war schlecht. In meinem Magen gluckerte es. Der Hals war wie zugeschnürt.

Ich muss das Fläschchen wieder verschließen, entschied ich. Wenn ich das Fläschchen zumache, wird der widerliche Nebel aufhören daraus hervorzuquellen.

Rasch ließ ich mich auf die Knie nieder. Blindlings tastete ich herum, bis ich das Fläschchen gefunden hatte. Dann strich ich mit der anderen Hand in Kreisen über den Boden, bis sie sich um den Stopfen schloss.

Ich gab mir größte Mühe, nicht zu würgen, als ich den Stopfen zurück in den Hals der Phiole drückte.
Hastig sprang ich auf und hielt das Fläschchen in die Höhe, damit Cara sehen konnte, dass ich es verschlossen hatte.
Aber sie sah mich nicht. Sie hatte beide Hände vors Gesicht gelegt. Ihre Schultern hoben und senkten sich.
Ich musste das Fläschchen absetzen, denn ein Brechreiz packte mich. Ich schluckte heftig. Wieder. Und wieder. Der Geschmack war einfach ekelhaft.
Einige Sekunden lang wirbelte der übel riechende Nebel noch um uns herum. Dann senkte er sich auf den Boden und verflüchtigte sich.
»Cara...?«, würgte ich schließlich heraus. »Cara – alles in Ordnung mit dir?«
Langsam nahm sie die Hände vom Gesicht. Sie blinzelte ein paar Mal, dann wandte sie sich mir zu. »Igitt«, murmelte sie. »Das war wirklich widerlich! Warum musstest du auch so an dem Fläschchen reißen? Das war nur deine Schuld!«
»Was?«, rief ich. »Meine Schuld? Meine Schuld?«
Sie nickte. »Ja. Hättest du nicht nach dem Fläschchen gegrapscht, hätte ich es niemals fallen lassen. Und...«
»Aber *du* bist doch diejenige, die es öffnen wollte!«, kreischte ich. »Schon vergessen? Du warst dabei, den Stöpsel herauszuziehen!«
»Oh!« Sie erinnerte sich wieder.
Mit beiden Händen strich sie über ihren Pullover und ihre Jeans, als versuchte sie den grässlichen Geruch abzuwi-

schen. »Freddy, lass uns von hier verschwinden«, drängte sie.

»Klar. Lass uns gehen!« Ausnahmsweise waren wir uns einmal in einer Sache einig.

Ich folgte ihr zur Tür. Auf halbem Weg wandte ich mich noch einmal um.

Warf einen Blick auf den Sarg.

Und schnappte nach Luft.

»Cara – sieh nur!«, flüsterte ich.

In dem Sarg lag jemand.

Cara kreischte los. Sie packte mich am Arm und drückte so fest, dass ich aufschrie.

Wir drängten uns in der Tür zusammen und starrten in den dunklen Raum zurück.

Starrten auf die bleiche Gestalt im Sarg.

»Hast du Angst?«, flüsterte Cara.

»Wer – ich?«, würgte ich hervor.

Ich musste ihr zeigen, dass ich mich nicht fürchtete. Deshalb machte ich einen Schritt auf den Sarg zu. Dann noch einen. Sie blieb dicht neben mir. Die Kegel unserer Taschenlampen zuckten zittrig vor uns her.

Mein Herz pochte heftig und mein Mund fühlte sich plötzlich trocken an. Es war mir unmöglich, die Taschenlampe ruhig zu halten.

»Es ist ein alter Mann«, wisperte ich.

»Aber wie ist er dahinein gekommen?«, flüsterte Cara zurück. »Vor einer Sekunde war er noch nicht da.« Wieder drückte sie meinen Arm.

Aber ich fühlte den Schmerz gar nicht richtig. Ich war viel zu aufgeregt, zu verblüfft und zu durcheinander, um irgendetwas zu spüren.
Wie war er dahinein gekommen?
Wer *war* er?
»Ist er tot?«, fragte Cara.
Ich antwortete nicht, sondern tappte zum Sarg und leuchtete mit meiner Lampe hinein.
Der Mann war alt und völlig kahl. Die Haut spannte sich straff über seinen Schädel, so glatt wie eine Glühbirne.
Seine Augen waren geschlossen, die Lippen so bleich wie seine Haut und fest zusammengepresst.
Seine winzigen weißen Hände lagen verschränkt auf seiner Brust. Knochendürr.
Er trug einen schwarzen Frack und wirkte sehr altmodisch. Der steife Kragen des weißen Hemdes drückte sich gegen seine blassen Wangen. Seine glänzenden schwarzen Schuhe waren zugeknöpft anstatt geschnürt.
»Ist er tot?«, wiederholte Cara.
»Ich schätze, ja«, würgte ich hervor. Ich hatte noch nie zuvor einen toten Menschen gesehen.
Wieder spürte ich Caras Hand auf meinem Arm. »Lass uns gehen«, flüsterte sie. »Lass uns von hier *verschwinden!*«
»Okay!«
Ich wollte raus. Wollte, so schnell ich nur konnte, weg von hier.
Aber etwas hielt mich zurück. Etwas ließ mich wie angewurzelt auf der Stelle stehen bleiben und auf das bleiche,

alte Gesicht starren. Auf den alten Mann, der da so ruhig und still in dem violetten Sarg lag.
Und während ich ihn betrachtete, öffnete der alte Mann die Augen. Er blinzelte.
Und dann begann er sich aufzusetzen.

Nach Luft schnappend, taumelte ich rückwärts. Wenn ich nicht gegen die Wand gestoßen wäre, wäre ich wohl hingefallen.
Die Taschenlampe fiel mir aus der Hand und knallte laut scheppernd auf den Boden.
Das Geräusch sorgte dafür, dass der alte Mann den Kopf in unsere Richtung wandte.
Im zittrigen Kegel von Caras Taschenlampe blinzelte er ein paar Mal. Dann rieb er sich mit seinen winzigen bleichen Händen die Augen, wie um den Schlaf herauszuwischen.
Er stöhnte leise. Und strengte sich, blinzelnd und seine Augen reibend, an uns besser zu sehen.
Mein Herz wummerte so heftig, dass ich dachte, es würde durchs Hemd hindurch explodieren. In meinen Schläfen pochte es und ich atmete heftig und pfeifend.
»Ich . . . ich . . .«, stammelte Cara, am ganzen Leib zitternd, während sie vor mir stand und ihren Lichtstrahl auf den alten Mann im Sarg gerichtet hielt.
»Wo bin ich?«, krächzte der alte Mann und schüttelte den Kopf. Er wirkte immer noch benommen. »Wo bin ich? Was tue ich hier?« Dabei blinzelte er in den Kegel der Taschenlampe.

Sein bleicher kahler Kopf leuchtete im Licht. Sogar die Augen waren bleich, irgendwie silbrig.

Er leckte sich über die weißen Lippen und verursachte dabei ein trockenes, schmatzendes Geräusch.

»Ich bin so durstig«, stöhnte er in heiserem Flüsterton. »Ich bin so schrecklich – durstig.«

Mit einem lauten Stöhnen setzte er sich langsam auf. Während er sich aufrichtete, sah ich, dass er ein Cape trug, ein seidenes violettes Cape, das mit dem Lila des Sarges übereinstimmte.

Erneut leckte er sich die Lippen. »So durstig . . .«

Und dann entdeckte er Cara und mich.

Wieder blinzelte er. »Wo bin ich?«, fragte er und starrte uns mit seinen unheimlichen silbrigen Augen angestrengt an. »Was ist das für ein Raum?«

»Das ist mein Haus«, antwortete ich. Aber was ich sagte, kam nur als schwaches Flüstern heraus.

»So durstig . . .«, murmelte er wieder. Stöhnend und vor sich hin murmelnd, hob er ein Bein über den Rand des Sarges, dann das andere.

Er rutschte auf den Boden hinaus, verursachte aber kein Geräusch, als er aufkam. Er wirkte so leicht, als ob er überhaupt nichts wöge.

Ein Angstschauder ließ meinen Nacken erstarren. Ich wollte zurückweichen. Aber ich stand bereits an die Wand gepresst.

Ich warf einen Blick zur offenen Tür. Sie kam mir hundert Meilen weit weg vor.

Der alte Mann leckte über seine trockenen Lippen. Immer

noch heftig blinzelnd, machte er einen Schritt auf Cara und mich zu. Im Gehen strich er mit beiden Händen sein Cape glatt.

»Wer ... sind ... Sie?«, brachte Cara mit Mühe und erstickt heraus.

»Wie sind Sie hierher gekommen?«, rief ich, als ich meine Stimme wieder gefunden hatte. »Was tun Sie in meinem Keller? Wie sind Sie in diesen Sarg gekommen?« Die Fragen schossen nur so aus mir heraus. »Wer sind Sie?«

Er hielt inne und kratzte sich an der Glatze. Einen Moment lang schien er Mühe zu haben, sich zu erinnern, wer er war.

Dann antwortete er: »Ich bin Graf Nachtschwinge.« Er nickte, als ob er sich seine Erinnerung selbst bestätigte. »Ja. Ich bin Graf Nachtschwinge.«

Cara und ich keuchten auf. Dann fingen wir gleichzeitig zu reden an.

»Wie sind Sie hierher gekommen?«

»Was wollen Sie?«

»Sind Sie ... sind Sie ... ein Vampir?«

Er hielt sich die Ohren zu und schloss die Augen. »Dieser Lärm...«, klagte er. »Bitte, sprecht leise. Ich habe so lange geschlafen.«

»Sind Sie ein Vampir?«, fragte ich leise.

»Ja. Ein Vampir. Graf Nachtschwinge.« Er nickte. Und schlug die Augen wieder auf. Prüfend starrte er Cara und dann mich an, so, als sähe er uns zum ersten Mal. »Gewissss«, zischte er, hob die Arme und bewegte sich auf uns zu.

»Und ich bin so durstig. So schrecklich durstig. Ich habe so lange geschlafen. Und nun bin ich durstig. Und ich muss sofort etwas trinken.«

Der Graf hob seine Arme und ergriff sein violettes Cape. Das Cape breitete sich hinter ihm wie Flügel aus und er erhob sich in die Luft.
»So durstig . . .«, murmelte er und leckte über seine trockenen Lippen. »So durstig.« Er fixierte Cara mit seinen silbrigen Augen, als ob er sie hypnotisieren und auf der Stelle festhalten wollte.
In meinem ganzen Leben hatte ich noch nie solche Angst gehabt. Das gebe ich zu.
Ich fürchte mich nicht so schnell. Und Cara auch nicht.
Wir haben uns bestimmt hundert Vampirfilme im Fernsehen angeschaut. Meistens lachen wir darüber. Wir finden die Idee, dass ein Typ mit langen Fangzähnen herumfliegt und menschliches Blut trinkt, ziemlich komisch.
Nie haben wir uns auch nur das kleinste bisschen gefürchtet. Aber das waren Filme gewesen. Das hier war das *wirkliche* Leben!
Wir hatten gerade dabei zugesehen, wie dieser Typ – der sich Graf Nachtschwinge nannte – einem Sarg entstiegen war. Einem Sarg, der praktisch in meinem Keller stand!
Und nun hatte er die Arme ausgebreitet und segelte durch den Raum auf uns zu. Dabei murmelte er vor sich hin, wie durstig er sei. Und er hatte seine unheimlichen, Furcht erregenden Augen auf Caras Hals gerichtet!

Also, ja – ich gebe zu, dass ich Angst hatte. Aber nicht zu viel Angst, um mich zu bewegen.

»He...!«, schrie ich und packte Cara am Arm. »Komm schon! Lass uns *abhauen!*«

Sie rührte sich nicht.

»Cara – komm jetzt!«, brüllte ich und zerrte an ihr.

Unbewegt starrte sie zu dem bleichen Gesicht des Vampirs empor.

Sie rührte sich nicht, blinzelte nicht.

Ich packte sie mit beiden Händen am Arm und versuchte sie wegzuziehen. Aber sie blieb wie angewurzelt auf der Stelle stehen. Starr wie eine Statue.

»So durstig...«, krächzte der alte Mann. »Ich muss sofort etwas zu trinken haben!«

»Cara – reiß dich los!«, schrie ich. »Reiß dich los! Bitte!«

Ich zog mit aller Kraft an ihr – und zerrte sie zur Tür.

Als wir den Tunnel erreichten, blinzelte Cara und schüttelte den Kopf. Sie stieß einen verblüfften Schrei aus, riss ihren Arm los und begann zu laufen.

Hastig schossen wir aus dem kleinen Raum hinaus und rannten den gewundenen Tunnel entlang. Unsere Schuhe klapperten laut über den harten Steinboden. Das Geräusch hallte von den Wänden wider. Es klang so, als ob tausend Kinder vor dem Vampir davonliefen!

Meine Beine fühlten sich schwach und wie aus Gummi an. Aber ich zwang mich zu laufen.

Wir rannten den dunklen Tunnel entlang. Cara beugte sich beim Laufen vor und streckte die Arme aus.

Sie hielt die Taschenlampe fest in einer Hand. Der Lichtstrahl hüpfte überall herum. Aber wir brauchten das Licht gar nicht. Wir wussten, wohin wir liefen.

Cara ist eine sehr schnelle Läuferin – viel schneller als ich. Als wir wieder um eine Kurve bogen, holte sie mit ihren langen Beinen kräftig aus und war mir ein ganzes Stück voraus.

Ich warf einen Blick zurück.

Folgte uns der Vampir?

Ja.

Er war dicht hinter mir, schwebte knapp unter der Decke und sein Cape flatterte hinter ihm her. »Cara – warte auf mich!«, rief ich außer Atem. Vor uns kam ein gelbes Lichtviereck in Sicht. Die Tür! Die Tür zu unserem Keller!

Wenn wir nur die Tür erreichen können, dachte ich.

Wenn wir es in den Keller schaffen, können wir die Tür hinter uns zuschlagen. Und Graf Nachtschwinge im Tunnel einsperren.

Wenn wir es in den Keller schaffen, sind wir in Sicherheit.

Mom und Dad mussten inzwischen zurück sein, sagte ich mir. *Bitte seid zu Hause! Bitte!*

Vor uns wurde das Lichtviereck der offenen Tür größer.

Cara rannte schnell und stieß bei jedem Schritt ein leises Keuchen aus. Ich war nur ein paar Meter hinter ihr. Ich rannte, so schnell ich konnte. Strengte mich mächtig an sie einzuholen.

Ich drehte mich nicht um. Aber ich konnte das Flattern des Vampircapes hinter mir näher kommen hören.

Cara hatte die Tür beinahe erreicht.

Lauf, Cara, lauf!, dachte ich. Meine Brust fühlte sich an, als ob sie gleich platzen würde. Doch ich rannte noch schneller, verzweifelt bemüht aufzuholen. Die Tür zu erreichen. In den Keller und in Sicherheit zu springen.

»Ohhhh!«, rief ich aus, als ich sah, wie das Lichtrechteck kleiner zu werden begann. »Die Tür – sie schließt sich!«, kreischte ich.

»Neeeeiiiin!«, heulten Cara und ich gleichzeitig.

Mit einem Knall fiel die Tür ins Schloss.

Cara konnte nicht rechtzeitig anhalten und rannte gegen die Tür. Betäubt prallte sie zurück.

Ich packte sie bei den Schultern, um ihr Halt zu geben. »Alles in Ordnung mit dir?«

Sie gab keine Antwort. Ihre Augen wanderten zur geschlossenen Tür. Automatisch streckte sie die Hand nach dem Türgriff aus.

»Freddy...«, murmelte sie. »Sieh mal!«

Kein Türgriff! Auf dieser Seite der Tür gab es keinen Griff.

Mit einem wilden Schrei senkte ich die Schulter gegen die hölzerne Tür – und stemmte mich mit dem ganzen Körper dagegen. Wieder und wieder.

Nichts passierte.

Meine Schulter pochte und schmerzte. Doch die Tür rührte sich nicht. »Hilfe!«, schrie ich. »Hilfe! Lasst uns raus!«

Zu spät.

Graf Nachtschwinge hatte uns erwischt.

Er landete leise, sein Cape fiel an ihm herunter. Auf seinem bleichen Gesicht breitete sich ein dünnes Lächeln aus. Die silbrigen Augen wurden vor Aufregung weit. Seine Zunge fuhr über den verkrusteten, trockenen Lippen hin und her.

»Lauf an ihm vorbei«, flüsterte mir Clara ins Ohr. »Lauf zurück in den Tunnel! Vielleicht können wir ihn so lange hinter uns herjagen lassen, bis er müde wird.«

Doch der Vampir hob sein Cape, um mir den Weg abzuschneiden. Konnte er unsere Gedanken lesen?

Er hielt das Cape hoch und trat auf Clara zu. »So durstig...«, murmelte er. »So durstig.«

Dann senkte er das Gesicht zu Claras Hals hinunter.

Aus dem Amerikanischen von Günter W. Kienitz

AUTORENBIOGRAFIEN UND QUELLENNACHWEIS

Thomas Brezina,
geb. 1963 in Wien, ist in den letzten Jahren zum erfolgreichsten Kinder- und Jugendbuchautor im deutschsprachigen Raum aufgestiegen. Bislang erschienen von ihm über 100 Bücher, die in mehr als 30 Sprachen übersetzt wurden.
Der Vampirsarg, S. 104, Auszug aus dem gleichnamigen Roman des Autors, dort S. 19–32, aus der Reihe: »Grusel-Club. Dem Spuk auf der Spur«, © 1998 Egmont Franz Schneider Verlag GmbH, München.

Mario Giordano,
geb. 1963 in München, studierte Psychologie und lebt heute als freier Autor in Hamburg. Er schreibt Kinder- und Jugendbücher, Erzählungen und Drehbücher.
Das tiefe Haus, S. 38, © 1998 Mario Giordano.

Willis Hall,
geb. 1929 in Leeds, wurde bekannt als Bühnen-, Film- und Fernsehautor sowie durch seine phantastischen Kinderbücher. Der erfolgreiche englische Dramatiker und Schriftsteller starb 2005 im Alter von 75 Jahren in Yorkshire.
Der letzte Vampir, S. 59, Auszug aus dem gleichnamigen Roman des Autors, dort S. 110–136, aus dem Englischen übersetzt von Irmela Brender, © der deutschsprachigen Übersetzung 1983 Irmela Brender.

Paul van Loon,
geb. 1955, stürmte in den Niederlanden die Bestsellerlisten mit seiner Kinderbuchreihe »Der Gruselbus«. Er gilt dort als Vater des Gruseltrends. Seine Bücher wurden mehrfach ausgezeichnet und in viele Sprachen übersetzt. Im Arena Verlag erschienen von ihm neben der Reihe »Der Gruselbus« und diversen Gruselromanen auch »Das Vampirhandbuch«.
Die Dachkammer, S. 7, aus: ders., »Der Gruselbus 3« und *Liebe Mama, lieber Papa.* S. 113, aus: ders., »Der Gruselbus 2«, beide aus dem Niederländischen übersetzt von Eva Schweikart, © beider deutschsprachigen Ausgaben 1998 Arena Verlag GmbH, Würzburg.

Christine Nöstlinger,
geb. 1936 in der Wiener Vorstadt, ist eine der erfolgreichsten österreichischen Kinder- und Jugendbuchautorinnen. Ihre Bücher wurden in viele Sprachen übersetzt und mit zahlreichen Preisen ausgezeichnet, u. a. mit dem Deutschen Jugendliteraturpreis, dem Österreichischen Staatspreis, dem Kinder- und Jugendbuchpreis der Stadt Wien und der Hans-Christian-Andersen-Medaille.
Florence Tschinglbell, S. 52, © Christine Nöstlinger.

Roger M. Thomas,
geb. 1930, englischer Autor von gruseligen Kurzgeschichten.
James Bradleys Vampir, S. 17, aus: Kurt Singer (Hrsg.), »Horror«, aus dem Englischen übersetzt von Joachim A. Frank, erschienen 1969 im Krüger Verlag, Stuttgart, © der deutschsprachigen Ausgabe S. Fischer Verlag GmbH, Frankfurt/Main.

R. L. Stine,
geb. 1943 in Columbus/Ohio. Seit 1965 lebt der Autor in New York City, wo er zunächst als Lektor tätig wurde. 1992 kam für ihn mit der Kindergruselserie »Gänsehaut« der ganz große und weltweite Erfolg. Die Kultserie wurde in über 16 Sprachen übersetzt und machte Stine zum auflagenstärksten Kinderbuchautor aller Zeiten.
Der Vampir aus der Flasche, S. 136, Auszug aus dem gleichnamigen Roman des Autors, dort S. 12–47, aus der Reihe: »Gänsehaut«, aus dem Amerikanischen übersetzt von Günter W. Kienitz, © der deutschsprachigen Ausgabe 1997 OMNIBUS/C. Bertelsmann Jugendbuch Verlag, München, einem Unternehmen der Verlagsgruppe Random House GmbH.

Bram Stoker,
eigentlich Abraham Stoker, geb. 1847 in Dublin/Irland, veröffentlichte 1897 den berühmtesten Schauerroman aller Zeiten »Dracula«, der jedoch erst nach Stokers Tod 1912 in London durch zahlreiche Verfilmungen weltbekannt wurde. *Draculas Gast,* S. 85, aus dem Amerikanischen von Wulf Bergner, © der deutschsprachigen Übersetzung 1979 Wulf Bergner.